文學生活叢書・藝文采風

那些年，和黃春明同在一起的日子

林瑞景　著

推薦序

我與林瑞景老師是六十二年前屏東師範四七級同學，正如林老師在其著作中所言，那個年代一般家庭普遍經濟狀況並不好，而要考上公費師範學校就讀是許多人的願望，但又極其困難。因此，林老師在屏師就學時期便成績優秀，嶄露鋒芒。畢業後，林老師歷任屏東地區多所學校老師、訓育組長、訓導主任，及臺灣省教育優先區巡迴教學輔導講師等。其撰文、著作等身，計有《創意新詩教寫》、《創意作文批改範例》等數十本優良書籍教材，深獲好評。

在林老師近四十年教學生涯中，最令人津津樂道的是其獨特的教學方式、創意作文與新詩教寫。其教學過程，善於揣摩學生心理，一步一步誘導學生的興趣，使平素視作文為畏途的學生，變為躍躍欲試；而試作之後又有莫名的成就感，由是產生自信，甚至有創作慾。而林老師以數十年教作文及新詩的心得，撰寫成書，把苦澀的作文和新詩趣味化及生活化，獲得教育界很高的評價。另外，靠著作品常在報章雜誌上刊登的因緣，而追到母校五二級賢內助，合組幸福家庭。他指導的學生，包括他的四個女兒，參加全國性作文比賽，屢獲佳績。而「創意作文」教學更是林瑞景老師的招牌，他獨特的「味覺作文」、「觸覺作文」，多年來應邀巡迴各校演講，分享創作教學經驗。林老師常說，作文是練習用文字表情達意，讓孩子「有話要說，有話可說」，而且還可以「說得開心」。

在林老師眾多文章中，有關在屏師就讀的點點滴滴，格外讓我們四七級同學感觸深刻，充滿感動。透過筆尖，他生動描述了我們的屏師黃金歲月，喚起了我們內心甜蜜的回憶。從民國四十四年那份泛黃手刻印刷入學榜單，以及畢業前各班大合照；木瓜校園屏師八景；大家裸裎相見的大澡堂；宿舍通鋪的塌塌米跟疊豆干般的整齊棉被；三動教育中綁著髮帶、青春無敵美少女同學的體操運動；男同學們揮汗勤練的刺槍術活動；全級參與的大隊拔河及二十二公里萬丹長跑等等；依稀彷彿間，似乎仍可聽到同學們相互鼓勵、共同打氣的加油聲。過往影像記憶忽近忽遠，那年少時的青澀容顏，歷歷如昨。無論時光歲月如何流轉，四七級同窗之情綿延流長。誠如全班導師余兆敏老師所說的，大家有幸能夠在民國四十四年進入屏師，接受師範教育，這種緣分是上天的安排，也是如此幸福的安排。

而我常與同仁提到，感恩母校的栽培，屏師「德、智、體、群、美」的教育，讓我能夠鍛鍊健康的身體、擔任國會議員服務大眾、重視美學收藏各國藝術品，以及在企業交棒後，倡辦數個基金會，從事社會公益慈善教育活動。總總些許成就，全賴母校師長諄諄教誨。

此次林瑞景老師、老同學集文成書，分享實際教學、創作經驗，以及對時事之針砭與人生之觀察，令人期待，特此致賀！

耀華集團總裁　張平沼謹識

沒序文的序

瑞景、我一向不為人寫序、請原諒！

春明
1008019

緣由：屏師四七級畢業六十年同學會午宴上，和春明兄合影時，當面徵詢本書書名，欣然同意。我班莊慶華同學在旁，還加碼說：「也要幫瑞景寫〈序〉。」當時春明兄只是微笑帶過。前些時，《跟著寶貝兒走》小說出版消息見報，我即刻電賀、要書，並正式邀序。隔兩天收到贈書，也收到這份珍貴的〈沒序文的序〉。

自序

我屏師，我驕傲

——寫在〈那些年，和黃春明同在一起的日子〉之前

自從就讀屏東師範開始，舞文弄墨迄今已超過一甲子，塗鴉的作品陸陸續續在報章雜誌發表後，剪剪貼貼或影印存檔，橫七豎八的堆放在書架上，內人看不慣，常隨手整理，偶而發現有不少的剪報變黃碎裂。因而常提醒我，有機會的話，不妨集結出版作品集。

民國九十五年初，趁著幫忙編寫翰林國中國文課本及周邊工具書的工作告一段落後，優先挑選日報、週刊、及雜誌等較具教育性的作品匯集成冊。這些作品大多和教學有關，又充滿對教育的期待，所以命名為《教育百樂達》。

我之所以推出此書，其目的在於想見證半世紀以來，臺灣中小學教育的雪泥鴻爪，以及問題所在，也順勢談一些解決的看法，字裡行間更蘊藏些深意。

成書之後，跟隨我應邀到各縣市、各學校國文科教學研習會上，和老師們見面分享。看過的老師們普遍認為：在繁忙的教學之餘，還能夠孜孜不倦地寫作、投稿、發

表，很令人欽羨。尤其書中的文章，很貼近老師們的生活和想法，閱後倍感親切溫馨，所以頗受老師們的喜愛。

時代在變，潮流在演進，投稿的方式也在改變。我和內人都是傳統時代的人，退休之後不再和電腦打交道，也不跟著流行滑手機，所以不會用電腦寫稿、用「伊媚兒」（E-mail）投稿，發表園地演變至今，幾乎很少有用稿紙投稿的一席之地。雖然我的孩子們個個電腦很精通，但是都跟我不住在一起，他們忙家庭、事業，幫不了我的缺憾。因此即使有許多再好的文思、靈感，只能壓抑、克制，別自尋煩惱。轉個念頭想：過著清閒、樂活的自在生活，不是更好？來安慰自己。不過也有幾次例外。像前些時，看到名嘴苦苓先生在報紙的論壇中，反對高鐵延伸屏東的「練肖話」，火氣上身，一肚子的氣不吐不快。（詳見〈高鐵延伸屏東是屏東人的願望〉）這篇稿件就是請打字行小姐代勞，並借用她的「伊媚兒」寄送的。一、二個月後，蘇貞昌院長宣佈高鐵延伸到屏東。

一〇三年底，看到報紙副刊「家庭親子」欄，有篇〈作文真的不難〉專題報導。看後覺得教孩子使用自己的文字，自由抒寫生活懷舊的故事，題材太廣泛，教寫不容易聚焦，孩子常有不知如何選材、下筆的困惑。這和我多年大力推廣的「創意作文」教寫落差太大，所以我又忍不住提筆寫了〈吃冰的滋味〉稿件寄過去。不多久稿件被退回，主編附了張便條寫道：您的創意作文教寫很新穎、生動，學生收穫多。可惜大作書寫方式不合本刊需求，只得割愛，抱歉！後來我找到當時不限電子檔的《中國語文》月刊寄過去。隔沒幾個月，文章登出來了，主編還在刊頭〈編者的話〉中，特別列舉出來讚美一番。（詳見「吃冰的滋味」）

九十七年十一月四日是我們屏師四七級畢業五十週年同學會的日子，黃春明帶著夫人首次參加；張平沼會中宣佈獨捐百萬元給母校，這是此次同學會的兩大驚奇。會後總幹事蔡森煌同學要我寫份報導，在《屏師校友通訊》發表。就是因為這份差事，從此與校友服務組結緣，之後幾乎每一期都有我的作品刊登。

投稿《校友通訊》有個好處，因半年出刊一期，在寫作上沒有壓力，有充分時間挑選題材，可慢慢構思，想到那裡就寫到那裡，遇到瓶頸，便暫時停筆，等下次靈光乍現時再繼續，就這樣慢斯條理地完成拙作。完稿後，由專人幫忙電打，還可一再的校對、修正、潤飾，直到滿意為止。

有些校友遇到我常面帶微笑說：「每次收到校友通訊，第一個想看的就是你的文章。」「謝謝！為什麼？」「因為寫得流暢俐落，不拖泥帶水，閱讀起來真是賞心悅目。」

民國一百年間，屏東縣內埔鄉下「不山不市」的新生國小馮麗珍校長，邀請我到師生人數合計才一百出頭的國小教童詩。全校分中高低年級，分別上四週八節課，不但教會學生寫童詩，而且還出版了《校園八景》童詩專輯。

一〇二年十月初，校園建在屏東市萬年溪畔的建國國小校長朱勝斌，懇切地邀請我到學校教小朋友寫童詩。我利用七週分別寫出了動物、植物、水果、日常用品、學校趣事、家人親情，及萬年溪畔的童詩。使各年級電腦檔案裡存了滿滿的好詩，文化走廊也掛滿了有詩有畫的好作品。

一〇六年初，奉屏師四七級很受同學敬重、碩「導」僅存的余兆敏導師指示，要我出面召集五個班代表，籌備畢業六十週年同學會。會中我提出二個構想：（一）不要收參加費。（二）六十年同學會後，不要再等十年才召開。經我解說後，大家都很認同。於是各班分頭尋找事業有成、樂善好施的同學贊助。

該年教師節當天的第二次籌備會上，超級金主張平沼同學突然現身，眾望所歸榮任會長後，宣佈每年舉辦同學會，費用全由他負責。因為他的挺身而出，因而凝聚了全年級一百多位男女同學的向心力。一〇七年四月二十二日的畢業六十週年同學會，就有一〇五位同學參加盛會（見封面照），這是屏師有史以來的空前紀錄；同學會不收費，年年舉辦，也是空前紀錄。

因為這種不同凡響同學會平臺的建立，使事業成就卓越、財力雄厚又樂善好施的張平沼，以及臺灣鄉土文學第一把交椅地位的黃春明，受到母校屏東大學古源光校長的重視。該年屏大校慶典禮上，頒授傑出校友終身貢獻獎及名譽博士學位給黃春明。次年的校友終身貢獻獎，在該年校慶時頒給張平沼。平沼的傑出事業和財力，很受母校倚重，相信後續還會有更大的榮耀擁抱他。

春明、平沼和我，甚至於有很多的同學，都出身清寒家庭，初中畢業後，沒有升高中、讀大學的經濟能力，只得選讀當時極端難考的公費師範學校，三年畢業可當小學老師，有固定職業。

進入屏師就讀時，教育訓練課程繁重，生活管理很嚴格，加上屏師特有的三動（活動、運動、勞動）教育的磨鍊，造就成允文允武的健全師資。尤其每年放寒假前的男生萬丹路跑，來回二十二公里、女生八百公尺的耐力淬勵，鍛鍊成吃苦耐勞、堅忍不拔的正向人生。畢業後無論投入教育志業，或開創其他行業，個個都能闖出一片天。每一個校友心中，都懷抱著「我屏師、我驕傲。」進而默默地呼喚「屏師，我愛您！」

從學校教職退休已經十八年了。前八年忙著編教科書、演講、出書，南北到處奔波。後十年不再風塵僕僕，每天過著天亮打網球；午睡後去銀行喝咖啡、看報紙、護基金；傍晚公園吸收芬多精；晚上看看電視、寫些東西。每天就這樣逍遙、樂活，享受人生。

出版《教育百樂達》後，十幾年來也陸續發表了三十來篇，加上前書怕太厚重，增加讀友負擔，而留下來的人物專訪、赴日考察、《創意作文》專書引用的部分藝文小品、教育文粹，以及記者生涯報導等。算一算應該可以再集結成一本新書了。

利用校對本書的機會，重讀書中的文章，真是五味雜陳，百感交集，感慨喜悅交織。例如教到國中國文第三冊，人人嫌棄、不想教的〈魚〉（黃春明的小說）時，我用〈魚的時代背景〉助講，還加碼用我寫的〈母女連心〉小小說，教國二生練習寫小說。在常態編班下，結果全班有三分之一寫出不俗的小小說。

赴日參訪原文有一萬多字，本來不擬編入，怕被誤認為是一般遊記，但研讀再三，覺得對當前的臺灣教育很有啟發作用，因此刪除無關緊要的行程，留下參訪精華，供讀者分享。

〈巧事怪事一籮筐〉文中，經我媒合的一對新人，新郎已是當今屏東縣府的秘書長；〈上帝的使者〉文中的小君，長大後拿到美國博士回臺任教於交大，還兼任所長暨中心主任……。這些都是值得欣慰的事。可是也有些憾事，書中談到的蔡森煌同學、好友教育界「士官長」黎華亮老師、我的貴人林亮雲先生等作古多年，令人不勝歔欷。

至於創意作文、新詩教寫、兒童文學故事，以及少兒詩導讀與教寫等專書，是我除了孜孜不倦的教學工作之外，戮力鑽研很深，花了很多時間、精力寫成的著作。本書個別列舉幾篇，讓讀者淺嚐品味。

從事寫作凡六十年，皆以「文以載道」為理念，成就作品，企盼篇篇可讀，章章好看。就以黃春明的〈魚〉、情色小說〈跟著寶貝兒走〉，經由作者的導讀、解析、評價後都能讓讀者得到正向人生的啟迪。

有人說：「人生七十才開始。」意思就是還要繼續拼鬥。我認為：人生到了八十要樂活，不然時不我予，徒呼奈何？我今年剛好八十，正式推出這本《那些年，和黃春明同在一起的日子》，作為「樂活」的見證。

寫於千禧公園邊寓所　一〇八年十二月五日

目次

二　人物專訪

三　教育文粹

六　屏東大小事

一　藝文小品

側寫黃光男及其畫展

五二級黃光男校友和內人余琇珠是同屆同學，都是出生於貧苦家庭，所以選擇讀公費的師範學校。

進了屏師，每年暑期的新生招考，都報名參加考生服務團，這是因為可以繼續住校、有伙食團吃飯，還有零用錢可用（考生服務費）。幾年下來，彼此走得近、談得來，也相處融洽，臨結束服務團工作時，黃光男用宣紙畫了一幅水墨畫送給內人，並帶玩笑似的叮嚀道：「好好珍藏，日後這幅畫也許價值連城。」由此可知，讀師範時的黃光男，就已經立志往繪畫藝術方面發展。

黃光男擔任歷史博物館館長期間，有一年五二丙的王秋瓊同學，家裡經過一場變故後，很想放空自己到外面走走、看看，便約了十來位平日較有往來的同學，一同出遊、敘舊、解悶。當時歷史博物館正在熱熱鬧鬧地舉辦「馬雅文化特展」，秋瓊靈機一動，打電話到歷史博物館，黃光男熱情地要她們一伙兒到辦公室坐坐聊聊，並招待觀賞特展。本來當天的公務繁忙，但都被按捺下來，只留下館裡的一場無法變更的演講。在和同學交談中，還不時的提醒秘書，輪到他演講了沒。由這件事情看來，應證了黃館長對同學的情濃，對事情更是執著。

任教交大的三女兒的婆婆，原是一位造詣很深的畫家，但是常自嘆不是正統的科班出身，所以趁著孩子個個成家立業後，才考進國立臺灣藝術大學就讀。有一次兩家親家聚會時，內人談到黃光男，親家母很驚訝的說：「哇！黃校長是妳的屏師同學，他超厲害的；不但把學校辦得有聲有色，而且還不斷的作畫、寫文章、寫書，與國外接軌、提高藝大的國際知名度。記得他就任之初，在校園裡相遇，他先向我打聲招呼：「同學好！我是校長黃光男。」這個簡單的招呼，實在讓我感動。從此以後只要遇見他，就換我先打招呼了。」

一〇一年九月初，得知黃光男答應了屏東縣政府文化處的邀請，要在文化處一樓畫廊舉辦「臺灣是寶島——黃光男水墨畫個展」後，家裡的電話頻率多了起來，似乎可以感受到五二級的同學，個個興奮地在籌劃迎接展出的日子。

九月二十二日上午九時畫展正式開幕，整個一樓大廳擠滿了來賓；有鍾佳濱副縣長、文化處徐芬春處長、屏東教育大學黃冬富副校長、余兆敏教授、陳朝平教授及黃嘉崑教授等人蒞臨。黃教授是五二級甲班班長，帶頭號召了一大票的同學來情義相挺，加上一群記者和慕名而來的觀眾，把整個場面炒得沸沸揚揚的。沒有茶點招待的展場，有如此熱鬧地場面，真是罕見。

在鍾副縣長致詞後，接續由屏東教育大學黃副校長以「文人畫的筆墨，現代畫的思維」為題，憑相交幾十年的觀察，認為黃光男的作品，長久以來都在堅持文人書畫的筆墨意境及東方美學的內涵，再不斷地從西方現代藝術形式和觀念攝取養分，並積極融合的實驗嘗試，力求突破傳統保守性的水墨符號、形式和結構，而成就了今日黃光男的書法性線質、墨韻、虛實節奏和寓像於意的意趣畫風。

接下來，陳朝平教授以黃光男的「寓像於意」的意趣畫風，提出二十字嘉言送給光男：「黑非實處有，白豈虛無實，澄懷觀自在，方寸見靈思。」更進一步來詮釋詩詞，墨韻、虛實及寓像於意的意趣畫風。他舉例說出在這麼多的展品中，最喜歡、也最有感受的是「少言多行」那幅畫——（全黑畫幅，下方偏左挖了一口小洞，三隻蝸牛往向光處爬行。題詞是「行俠仗義，少言多行為之英雄大道。」）他現在的心境，就像洞中的其中一隻蝸牛。

現任行政院政務委員的黃光男，在感恩之餘，時時流露出對臺灣這塊土地，從南到北的鄉土文化、人文體面，懷抱著可愛可親的幸福情愫，透過細緻、敏銳的觀察洞悉，融合強烈的現代感意象，詮釋臺灣是寶島的種種創作，精選五十一件作品，供與會來賓欣賞。最後，他還期許自己往後的日子，每年至少要出版二本書，舉辦個展五次，及自由自在的作畫五十幅以上。

筆者認為：黃光男今日的成就，是由於他平日勇於任事、認真生活及努力創作所致。黃副校長在開幕典禮上曾經透露：有一次和光男兄坐飛機赴北平開會，他在短短幾小時的飛機上，即完成一篇五千多字的文章。這種毅力和才情真是驚人，令人欽羨。

原刊於《屏師校友通訊》一三七期（二〇一三年四月）

紙筆連心

寒假即將結束，妻的「生活緊張症」的老毛病又開始患了；從早晨起床開始，便嘮嘮叨叨的要求孩子做這樣、做那樣。可惜，寒假兩個多星期來，孩子玩野了的心，卻偏偏不太合作，真是「急驚風遇到了慢郎君」。因此，一天中妻罵孩子的「高嗓子音調」，可說是不絕於耳。

中午我小睡後，看到孩子的書房很亂，便走進去想加以整理，無意間發現書桌上有一本簿子，上面寫著使人看了心驚的題目「令我傷心的一件事」。看看字體，是讀國小二年級的大女兒寫的，我便急忙地往下看：

今天，我在外面玩得正高興的時候，忽然媽叫我：『倖如！倖如！』我一聽，聲音不對，可能又要挨罵了，所以急忙跑回家。

果然不出我所料，一進大門，媽媽便罵個不停的說：『老師剛教完的鋼琴，為什麼不利用時間多練習？』我走到客廳，要到浴室洗澡。進了浴室，媽媽還罵個不停地說：『我（你）為什麼不用功練鋼琴，以後老師在（再）說我（你）彈得不熟，就給她（我）小心。』

我聽了很傷心，洗完澡，出了浴室的門以後，我就跑到樓上哭，因為沒有一個人了解我的心裡（理），我多麼希望有人了解我的心裡（理）啊！不要受這種ㄨˊㄧˊ（無恥）的挨罵。

看完了這篇〈孩子的心聲〉後，我的心很是難過，也覺得孩子的心實在應該好好的撫慰了。我拿著這本看似單薄，捧起來卻很沉重的簿子，交給正在隔壁房間趕做孩子新衣裳的妻子。此刻，那「傷了心的女兒」及其讀一年級的妹妹，還正在午睡。

「這是倖如寫的。解鈴還是繫鈴人，請妳看著辦吧！我去上班了。」

下班回家，走進廚房，她們母女三人好像雨過天晴似的有說有笑。我滿心狐疑，便用「疑問的眼神」看著妻。

妻得意的挽著女兒說：「沒事了，對不對？」女兒爽朗的猛點頭。

「怎麼一回事？」我還是不敢太相信。

「倖如！妳快去把我們今天所寫的，全部拿給爸爸看。」

原來我上班後，妻便停下手上待做的衣服，寫了一篇〈給倖如的信〉，放在她的床頭。

「倖如：媽媽無意中看到妳寫的〈令我傷心的一件事〉。媽媽看了也很傷心。是的，倖如是媽媽的乖孩子，是不用別人罵的。為什麼媽媽總是愛罵妳呢？妳要記住媽媽罵妳是為了妳好，因為妳做錯了事，或者不聽話了，讓媽媽生氣了，媽媽才會罵人。希望妳不要以為媽媽罵妳是隨便想到要罵就罵的，媽媽完全是愛妳才這樣做的。希望以後妳隨時要記得：先彈琴、再做功課，別老是愛看電視。開學後，只能看卡通片就行了。一方面保護眼睛，一方面把精神放在鋼琴和功課上，將來才能有好的表現。

媽媽看了妳所寫的〈令我傷心的一件事〉後，也覺得很高興。因為倖如到底是媽媽的乖孩子，知道被人罵是可恥的，從今起只要妳能照媽媽的話，把該做的事做好，一定不會有人再罵妳了。妳的這篇文章，寫得很通順，又很有道理。希望妳以後的日記，就照著這樣的方法，寫出妳心中想說的話，別老是要靠別人替妳想，替妳出主意；因為妳是聰明能幹的孩子，自己能做的，便要自己做。而且還要認真地做好，才不愧是同學心目中的模範生，妳說對嗎？最後媽媽願妳是一個——

在家是爸媽的好女兒、乖女兒。在學校是老師的好學生，同學的好模範。

祝妳

快樂

媽媽手筆　一九七八年二月二十三日

大女兒起床後，看完了她媽媽給她的信，眼眶紅紅的依偎在她媽媽身邊，低著頭好像有千言萬語想對母親說，但又難以啟齒似的，是那麼羞澀，那麼的懺悔。她媽媽看在眼裡，覺得即使用再多、再好的話，都無法抵得過一雙慈母的手臂，所以她蹲下身，擁抱著無意中「心受到傷害」的女兒。緊緊地、久久地，就好像這個世界被她們擁著。

「倖如！什麼都不要說了，媽媽了解妳；妳快去把心裡的話寫在日記裡，寫完了拿給媽媽看。媽要去廚房準備晚餐了。」

她進了書房，寫下了一篇日記〈媽！請您原諒我〉。」

「今天因為沒聽媽媽的話，惹媽媽生氣，罵我好幾次，我心裡很難過。我便偷偷的在書房寫了一篇〈令我傷心的一件事〉。沒想到媽媽看到了，就寫了一封信給我。我看了以後，心裡更難過，一直很想哭，所以眼淚便流了出來。現在我才知道，原來媽媽罵我，是為了我好；媽媽要我多練鋼琴，也是為了我好。我真不應該惹媽媽生氣，我後悔極了，難過極了。媽！請您原諒我。我以後一定會聽您的話，做一個乖女兒，使您高興，不再使您生氣。媽！請您原諒我好嗎？」

二女兒午睡後醒來，看到媽媽給她姊姊的信後，心中很不平，也吃起她姊姊的「醋」來。立刻便在便條紙上，用一半國字，一半注音符號，寫了〈送給媽媽〉。連同她姊姊的日記本，由老大當郵差交給她媽媽。

「媽！您很不公平，您怎麼只說姊姊是您的乖女兒，難道容竹不是您的乖女兒嗎？

容竹上　一九七八年二月二十三日」

妻看完了，露出欣慰的微笑，拍拍大女兒的肩膀說：「寫得很好，媽媽早已原諒妳了。請妳去拿紙和筆來，媽媽想給妹妹寫回信。」

「容竹：妳也是媽媽最乖最乖的好女兒。妳常常自動幫媽媽照顧小律君，也幫忙掃地、洗碗，是一個很聽話的孩子，媽媽一直很喜歡妳。希望妳以後，像以前那麼乖，不要使性子鬧脾氣，那就更好了。祝妳

快樂

手筆」

回信送去不久，倆姊妹高興地從樓上結伴下來，又遞上一張便條給她們的媽媽，上面寫著：

「媽媽！親愛的媽媽，您是世界上最好的媽媽。我們很喜歡您。」

母女三人，就那樣自然地擁抱在一起，她們的心連心，靠著紙和筆，這是破天荒第一次。

原刊於《臺灣教育輔導月刊》（一九七九年三月）

上帝的使者

個把月來，雨水很多，我家屋前用水泥砌成的小花圃，因為排水不良，圃裡的花木，都被雨水泡死了。唯獨野生的雞冠花一枝獨秀，長得亭亭玉立。

今天上午，天氣開始放晴，午飯前一段時間，剛好閒來無事，便拿起小圓鏟鬆土，以便讓大好的陽光曝晒，好作重新播種的準備。當鬆土到雞冠花邊時，心裡暗忖：全花圃只有一棵雞冠花，顯得孤單無伴，令人看了有點兒落寞的傷感，何況雞冠花開時，雖然枝幹挺拔，但是花兒並不怎麼美。所以乾脆狠著心把它挖掉拋棄，以便重新培植其他較心愛的花木。

妻從廚房出來，看到雞冠花不見了，好像挖了她一塊肉似的大發脾氣說：

「雞冠花那裡去了？」

「挖掉了。」我滿不在乎的說。

「怎麼攪的，好好的雞冠花為什麼要挖掉它，難道會妨害你不成？」

「雞冠花有什麼好看嗎？」

「不管，你得給我種回去！」

「已經折斷了，要種妳自己去種。」我也火起來，沒好氣的說。

妻氣得跑回廚房，鍋子、鏟子、碗筷、盤子等，頓時奏起了難以入耳的交響樂。

三個放暑假在家的小鬼頭，已經嗅到了「颱風警報」的氣息，躲在書房的角落，睜大眼在發呆，一反平日的活潑勁兒。看在我眼裡，好生難過，於是捺著性子，不和妻再吵。但是「冷戰」仍繼續僵持到午飯過後。

看完了午間新聞後，讀教會幼稚園的小女，怯生生地走到我身邊。為了彌補剛才的憾事，把她攬入懷裡。她看到我態度好轉，便鼓足勇氣，把小嘴附在我耳邊說：

「爸，中午我吃飯，吃了一口，不吃停下來，坐在那邊，你看到沒有？」

「看到了，是不是又在想什麼？」

「不是，是在求上帝。」

「噢！為什麼要求上帝？」

「求上帝叫爸爸、媽媽不要相罵。」
「妳怎麼求的？」
「親愛的上帝，我求祢叫我的爸爸、媽媽不要相罵、打架，要相親相愛。……沒有事了，阿門！」
聽在心裡，好生慚愧；也甚感欣慰，有這樣一位乖巧的女兒。
「小君，求上帝的事情，妳有沒有告訴媽媽？」
「沒有。」
「快上樓去告訴媽媽，媽媽一定會很高興，說妳是好寶寶。」
小女好像已經又嗅到了「雨過天晴」的氣氛，所以高興地跑上三樓，去充當「上帝的使者」，完成了「家庭談判」。

原刊於《臺灣教育輔導月刊》三十一卷（一九八一年九月）

一枚硬幣

教室後頭的書櫃，辦公桌的抽屜，經過一年來不斷的累積，書籍、紙張、文具，幾乎快滿出來了。橫七豎八的，看來實在不雅。

細心的翊惠、譽齡剛好今天當值日生，我便請她倆利用升旗看守教室時，收拾整理一下。堪用的留下，過時的用繩子綁在一起，放進我車子的行李箱，等我下班時載往收破爛的估物行。

收破爛的老先生、歐巴桑，看到我滿行李箱的書籍紙張，面露歉意的說：「買的時候貴得怕人，賣給我們時，卻沒幾分錢。」「沒關係，大家都為環保盡點心意罷了。」我微笑著說。

「四十八公斤，就算五十整數好了，一共五十元。」老人說著遞給我一枚新型五十元的硬幣，樂得似乎完成了一樁滿意的大生意。我也滿心感謝地說聲：「謝謝！」

開著車，千里迢迢的花這麼多時間、精神，載了一大堆書籍、紙張，只賣了五十元，以經濟學的眼光來看，實在很不划算，因此一般聰明人都不屑為之。但是，從另一個角度來看，如果把這一大堆書本紙張丟棄在垃圾筒，不就等於又製造了近五十公斤的垃圾，給辛苦的清潔隊員、我們唯一的地球，又增加了一份沉重的負擔？何況，我這舉手之勞，國家不也就多了近五十公斤的紙漿資源？

我雙手合十搓揉著這枚小小的五十元硬幣，內心有無限的喜悅，正如同余光中先生在〈一枚銅幣〉的新詩裡寫的：「透過手掌，有一股熱流，沸沸然湧進了我的心臟。」/「我緊緊地握住它，汗、油，和一切，像正在和全世界全人類握手。」一般的溫馨和欣慰。

原刊於《六堆雜誌》五十九期（一九九七年二月）

撒鮮花的人

去年我岳父過世，因為我是他唯一的女婿，依照習俗，出殯時必須坐上引路車，沿途撒冥紙，好讓死去的魂魄想念家人時，知道回家的路。當葬儀社的人告訴我這項任務時，心中便有一萬個「不願意」。

葬儀社的人看到我很為難的樣子，便想出了變通辦法，用鮮花代替冥紙，要我當「撒鮮花的人」。如果不是為了恩重如山的岳父大人，即使刀子架在我脖子上，我是不可能屈服的。

太太看我還在猶豫，便在我耳邊輕聲的說：「鮮花不會像冥紙，令人看了噁心；何況車子只要輾過幾次，便化成花漿了，不但不會製造垃圾，還給馬路留下香氣，你還有什麼可猶豫的？」想想也滿有道理的，況且能為岳父盡最後一點孝心，即使再不情願也得勉為其難了。

出殯那天，葬儀社的人交給我一大籃的菊花花瓣，並交待我「去時撒一半，留一半回來撒。」從師範畢業出來當老師，教學生不可亂丟紙屑、果皮起，幾十年來我已經沒有隨手丟垃圾的習慣了。一路上，我實在不想當撒鮮花的人，但是現實又叫我不能不當。

充當司機的好朋友，似乎很瞭解我內心的苦楚，有意無意的不斷和我閒聊，想解開我的心結，還不時的用眼神提醒我：手又忘了抓鮮花了。每當抓一把鮮花，我心便一句「阿彌陀佛」；手一伸出車窗外，我心便一聲「對不起」。可是，窗外的手掌仍然緊抓著花瓣，只准風姐從我指縫中搶走。

出殯的行列返抵家門，葬儀社的人來取回花籃，看到籃中還留下一大半的鮮花，很訝異的說：「怎麼不撒完？」

「妳不是說留一半回來撒？」我不解的說。

「我是說去的時候撒一半，留一半回來的路上撒完。這也聽嘸！」臨走前，還加了一句「真笨」！

啊！有夠「衰」！第一次被連「男」「女」兩個大字都不認得，而向我請教的人罵我「笨」。看著她的背影，我一直問自己：不知道笨在那裡？

孩子們領獎學金

拜讀《六堆雜誌》第一六九期宋鰲先生的〈六堆文教基金會的獎學金已褪色了〉後，心中引起了陣陣漣漪與波瀾，使我想起「當年孩子們領獎學金」的往事，不由得想寫出來，和大家分享。

我家有四個孩子，從小學懂事開始，我內人都會告訴她們：「讀書是讀給自己的，書讀好了，將來考學校就會一帆風順。學校出來走入社會，便容易找到好頭路，也會受人尊敬。假使成績特別優秀，爸爸還會替妳們申請獎學金，獎狀幫妳們貼出來，獎金歸妳們存入郵局應用。」很幸運的，孩子個個很懂得自愛、用功，不願辜負父母的期待，知所精進，從小學直到研究所，獎學金陪她們一起長大。

民國六〇年代，當時的公教人員的薪水都很低，金融機構除了幾間公家銀行外，民營的只有信用合作社，因為錢領得少，平常只能跑跑郵局和信合社。於是我和內人分別加入屏東市第一、第二信合社成為會員。會員子女從小學起，只要成績達到標準，每學期都能領到獎學金和獎狀，獎金雖然不多，但是對孩子的鼓勵卻是很大。

進入國中後，屏東市媽祖廟的慈鳳宮設有市籍信徒子女就讀大專、中學成績優秀獎學金，學業國中九十、高中八十五、大專八十分以上、操行八十分、體育七十分以上，合乎規定者統統有獎。初期家境不甚寬裕，只能利用過年、過節參拜媽祖時，捐獻一點香油錢以示感恩。後來薪水不斷調高後，獎學金發多少，內人暗地裡會從口袋裡掏出同額數目，捐回基金會，衷心期盼頒發獎學金的善舉長長久久。

升上高中後，又多了一項屏東市育才獎學金可以申請。該獎學金是由市公所編預算，所以經費有限，但接受申請的對象卻很多，包括公私立高中、高職；公私立大專院校及研究所。加上各學校評分標準不一，因此想得此獎學金很不容易，還得靠運氣。像我家老大、老二讀南女時，印象中才各得一次。升上大學時，老大倖如讀公費臺灣師大，不得申請；老二容竹讀臺大財金系，雖然年年得書卷獎，但是育才獎只光顧一次。後來倆人直升研究所後，和育才獎更是無緣了。

在這同時，六堆文教基金會推出「六堆客家清寒及優秀學生獎學金」，筆者是基金會的贊助會員，所以替她姊妹提出申請，結果雙雙獲得優秀學生獎。得獎之後，我告訴孩子：得過一次獎就好了，機會留給其他客家子弟。

後來，六堆基金會又推出優秀客家子弟碩、博士生金質獎章。為了讓孩子體驗不一樣的獎勵，私下填妥申請表，交給時任總幹事的鍾永發鄉賢，並告訴他這次申請不是想貪圖金牌，只是想給孩子可以一輩子在身邊的榮耀。如果有幸錄取，頒獎時我會以黃金時價折算現金回捐給基金會。很榮幸的真的拿到金牌，我也回饋給基金會兩萬多元。

隔了五年，在美國伊利諾大學香檳校區讀研究所的老三律君，兩年拿到口語傳播碩士，因為成績優異，所裡通知她可直升博士班。打聽有無獎學金時，所裡回覆說：獎學金名額全給了陸生。（啊！這就是臺生的悲哀。）律君心裡想：兩年碩士已經花了家裡貳佰萬了，博士還要四年花四、五百萬，於心何忍。所以她拿著碩士成績單，向相關系所打探，結果語言發展與治療所博士班願意給她全額獎學金，並通過英文能力鑑定和面試，還頒給她一張大學部的兼任講師聘書。

這消息傳回屏東家裡，全家人都很欣慰。我囑咐她向學校請領成績單、在學證明各一份寄回來，如有機會可幫她請領獎學金。

暑假過後，下學年度又開學了，《六堆雜誌》刊登獎學金申請辦法。我先把她所寄回來的證件，影印幾份備用，連同申請書，一併寄到基金會參加評審。

寒假快到了，錄取通知單寄來了。過年前，律君在百忙中抽空從美國飛回臺灣省親並度假。本來原定年初三要飛回美國，但為了能親自出席領獎，想把金牌帶去美國，特地多留幾天。

「君，領獎時要上臺講三分鐘客家話，妳可以嗎？」
「啲！用客家話講三分鐘，我的媽呀！別嚇我！」
「不然妳照原計劃回去，爸爸代領。」
「不好，還是我自己領。我是學語言教學研究的，應該可以接受挑戰。我先擬個稿，練習幾天，不甚精準的請爸媽給我糾正。」

領獎那天，她真的很用心的講了三分鐘客家話，但遺憾的卻被司儀先生洗臉說：「林同學的客家話，不是原汁原味，好像加滲了英語、北京語、閩南語、原住民腔的綜合果汁，還算好喝，勇氣可嘉，還有進步空間，加油！」

我家孩子都出生在屏東市，上幼稚園前都是只會講客家話的阿婆照顧，所以都有客家話的基礎。入學以後，為了讓孩子很快的融入其他族群中，語言的使用，就順其自然，免得像我們小時候滿口客家國語被外省人笑，講閩南語又不甚「輪轉」，很有挫折感。因此，我始終覺得這些不在客家庄長大的客家子孫，能夠不忘本的還能用心認真說上幾句客家話，我們做長輩的為什麼一定要求他們非講出道道地地、原汁原味的客家話不可，這豈不是逼他們再也不敢開金口說客家話了！不過，心裡即使有萬般感慨，但事先準備好的金牌等值紅包袋，仍然雙手交到捐獻收受處。

同時段，旅北客家同鄉會也要辦大專院校及研究所獎學金。查詢得知：國外研究所可申請，但要正本在學證明及成績單。美國申請證件一份要美金廿五元，加上郵電費，花費將近臺幣二千元。沒想到提出申請後，便石沉大海，連隻字片紙也捨不得回覆，錄取名單更不得見，花五十美金的證件，便成了肉包子打狗——有去無回。唉！這該是孩子們申請獎學金過程中，屬於比較不完美、不甚愉快的回憶吧！

邱才彥鏡頭下的〈看見屏東人〉

八十五年臺灣區運動會期間，在文化中心藝術館舉辦〈陽光的故事〉攝影展，展出屏東資深攝影家林慶雲〈土地的色彩〉、劉安明〈疼惜的海〉、王慶華〈明亮的靜影〉，以及邱才彥〈看見屏東人〉等四人的作品。

光復節的下午小睡醒來，忽然接到好友邱才彥老師的電話，說他正在藝術館攝影展現場，如果我有興趣，歡迎我前往參觀，他會帶著我現場作品解說。因為我對藝術只是喜歡但懂得不多，對攝影藝術更是一知半解，每次觀賞藝術品展覽時，心中好盼望原作者能在旁解說分析，尤其是創作的心路歷程，更值得一窺堂奧，所以便欣然赴約。

據說，四方相框中的〈屏東人〉展像，在區運盛會的文化藝術活動——〈陽光的故鄉〉專題展出前，曾在全省各地受邀展出，此次終於回到屏東鄉親的懷抱，其意義可說格外親切。每張照片由屏東人看「屏東人」，就好像創作者在細說屏東的人、事、地，各行各業過往的點點滴滴，陳年故事。難怪，在現場參觀時，我發現「屏東人」前的屏東人，個個都是那麼興奮，不停的在指指點點，或驚奇的說：「這個人我從前見過」、

「我好懷念那種生活」、「那是我爸爸時代的人」、「爺爺的故事常提到這些人」。

邱老師告訴我，他從事業餘攝影快二十年了。在這近二十年來，只要公餘有閒暇，便深入山林部落，尋找鏡頭題材，他們大部份為鄉野間傳統或已失傳的技藝工作者，有的人物已作古，有的已屆古稀之年。例如二十前年的原住民，優閒自在地一面在家門前，坐在小椅子上，長板凳前，不是雕刻就是編編織織；另一旁，家中飼養的小豬，也優閒自在的圍繞在腳邊，與人同樂的情景到處可見。

邱老師說：「人物攝影儼如是一場戰鬥，也是一種極端不討好的工作，其中酸甜苦辣局外人是難以體會得出。從事藝術攝影最困難的是與人溝通不容易，因為對方的衣食住行，甚至於宗教信仰都得關照。在取捨的過程中，拍攝者主張生活的風貌，而被攝者，通常喜歡姣好美麗討喜的臉龐，因此溝通便一次又一次的出現。」

一般說來，人物攝影的溝通，可分為事前溝通、攝影時的溝通，以及成品溝通三種。人物攝影較具衝擊性，每個人都有其故事性，與風景攝影的形式美迥然不同。攝影者強調攝影技巧及畫面構圖之美感，而被攝影者往往選擇自認為美的一面，這時候雙方的溝通，只得再次展開。例如〈吹薩克斯風的老人〉，當時同意被攝時，要求戴帽（掩飾禿頭）、正面、在寬敞的馬路上，站立著拍攝。經過多次溝通解說，好不容易請到暗巷做背景，襯出他的白衣、白鬢、以及發亮的禿頭，樂器、手錶，及隱約出現的白帽、桌角。呈現出「葬禮的儀式尚未開始，先吹一首暖暖喉嚨。」的畫面，這真是一幅很人文的攝影作品。

一個從事了二、三十年，甚至於四、五十年的真正藝術工作者，在拍攝過程中，任何誇張的動作，在他的心目中都會被認為矯枉過正。因為鏡頭前被拍攝者的眼神，眉宇間所流露出的情懷、皺紋、眼線的深沉，在在都是可讀性甚高的素材，面對他們，只有靜靜地，敬重的按下快門。所以有些作品是特殊的背景，來解說主角的故事情懷。

一般而言，攝影者往往會有充滿張力的影像安排，希望在畫面中，多摻入一些攝影的技巧與構圖美感。可是，遺憾的往往卻將主角淪為配角。換句話說，主人的氣勢被強力的畫面所取代。相反的，忠於主角的攝影工作者，往往將所有的美學拋諸腦後，將整體的張力歸於主角本身。否則，逕自將主角玩弄於掌上，一味地追求虛幻的美學，其作品，遲早會被時代所淘汰，也經不起有水準的欣賞者銳利的眼力。例如「賣冰的老人」，頭帶古樸的斗笠，身穿不起眼的汗衫，手搖著小鈴噹，加上戴著四個冰桶的小推車，便令人不禁想起那古老的快樂童年。其實，難忘的除了那清甜的冰冰棒棒，還有那已然遙遠的鈴聲。

至於要如何表現內心世界？畫面中作者應加入多少「營養」進去？已成為近年來攝影界爭議的焦點。根據邱老師多年的尋覓摸索，獲得了初步的結論，他認為將照片整體的張力，還原於主角本身，讓人物清靜無華，保留主角的原始精神和風貌，是目前攝影藝術的主流，最被大眾接納、欣賞的表現方向。例如，內埔鄉民張崑榮先生做了六十多年的「米篩目」，到今天還繼續做下去。這張作品，其整體的張力，因為給了主角本身，以及特殊的背景，讓人物純真自然，使主角的原始精神和風貌表露無遺。

為了證明「張力還原主角」的論點不孤，邱才彥老師更進一步的指出：德國攝影大師桑德，在他的人物攝影表現上，都是在取材於人物安祥的舉止中，找到最適當的儀態，以做出最客觀的見證。由於人物攝影最接近記實報導的風格，幾乎不透過任何渲染的事或物，鮮明表達人的氣韻和純真，直接傳達作者的意念，給觀賞者以自己的意念與作者發生共鳴。

對於邱才彥老師來說，這一次透過〈屏東人〉作品的展出，他最大的期盼是希望全體屏東人，對於屏東地方產生疼惜鄉土的凝聚力，並對各種傳統或失傳的技藝人士，仍然堅持信念維護傳統，讓我們的子子孫孫永續知道傳統，愛護傳統，表示崇高的敬意。

原刊於《六堆雜誌》五十九期（一九九七年二月）

朱一貴「反清復明」的文學作品

自稱明室皇帝後裔的朱一貴，人稱「鴨嬤王」。康熙六十年（一七二一），因知府繁稅苛斂，群起謀變，朱一貴以復明故土為號召，在短短的十多天內，竟然佔領了全臺灣，震驚了清廷。

這次革命事件，雖然很快的被清廷派來的大軍，以及臺灣各地的義勇軍，尤其是高屏地區客家先民組成的六支軍隊（後來統稱「六堆」）的協助所敉平，但在古典文學上卻留下了不少的史料，值得後人回味。

一　歌謠諺語

（一）三日打到府，一夜溜到屋。

這句諺語出自吳瀛濤「臺灣諺語」俚諺篇。說朱一貴三日就打到當時的府城臺南，但一夜之間又被清兵打回到家鄉。成功雖快，但失敗更快。

（二）頭戴明朝帽，身穿清朝衣；五月稱永和，六月還康熙。

依據藍鼎元《平臺紀略》的記載：當時朱一貴打下府城後冊封諸將，上至國公，下至將軍，可說不計其數。因事出倉促，來不及製作正式的黃袍，朝覲時只得臨時以戲服充數，所以人們都譏笑他們的滑稽扮相。李獻章《臺灣民間文學集》在這首歌謠後加註說：「這歌聽說是讀書人做來諷刺朱一貴的。」此話實在可信。

二　說唱文學

朱一貴抗清事件的故事，清朝有木刻本，一共二六四句，每句七個字。從朱一貴如何聚眾起事，佔領臺灣府城，一直到清兵過海平亂，朱一貴兵敗被擒，以至輾轉解京正法，有詳細的描述，是臺灣古典文學極為寶貴的一份資料。

這本臺灣朱一貴歌，有如明代的《擬話本》，本來只做案頭欣賞。其寫作動機大概是想藉作朱一貴的悲慘下場，以警惕臺灣老百姓不可造反；同時也譴責派任臺灣的官吏，平時不知盡忠職守，待盜賊一亂，又貪生怕死地攜眷逃避澎湖。這在歌詞中可以明顯的看出，如：

好笑貪生臺灣府，見報賊反走不停；
怕死奴才何所用，罔在人間做個人。

謀反大逆罪不小，五馬分屍在市曹；

一貴到此方知悔，曉得世事骨也無。

早知皇帝未得做，願安養鴨也甘心；

編成一本臺灣歌，萬古流傳做罵名。

這一首案頭歌，後來流傳到民間以後，經過千百人的隨口改唱，自然變為「編成一本臺灣歌，萬古流芳到如今」（見黃秀政：〈朱一貴的傳說與歌謠〉，《臺灣文獻》二十六卷三期）了。可見朱一貴抗清復明舉動，雖未成功，但是民間還是給予肯定的。

三　民間故事

民間稱朱一貴為「鴨嬤王」。目前流傳「鴨嬤王」的民間故事大概有二種：

（一）朱鋒所收集整理，見李獻璋編著《臺灣民間文學集》。

（二）王詩琅所搜集整理，見張良澤編《王詩琅全集》。

比較這兩篇「鴨嬤王」故事，其共同特色是強調鴨嬤王朱一貴是真命天子，他的徵兆有三：

（一）朱一貴在岡山溪養鴨時，獨自到溪邊洗面，看到水面上顯出一個人影，此人頭戴通天帽，身穿黃色滾龍袍，和戲臺上明朝皇帝的扮相一樣，而且面形就像自己。

（二）溪上的鴨群，好像聽懂他的命令，排成一字形，又能上岸排隊，如同受過訓練的軍隊一樣。

（三）他所養的鴨嬤，每日生下二個蛋，這個消息一傳十，十傳百，立刻傳遍全莊，所以大家對他非常敬重，以為是真命天子，所以起義的時候，很快的就打敗清兵，佔領了全臺灣。

這兩篇故事不同的地方是：朱鋒先生強調朱一貴逃到諸羅縣溝尾仔莊而被捕獲，可能也就是天數已盡，因為鴨嬤遊到溝尾，已無去路。而王詩琅先生則強調朱一貴被捕，藍廷珍問案時，泰然自若。藍要求他下跪，他不但不從，還大罵藍說：「我是大明臣子，興師復國，你們堂堂大丈夫，竟甘心認敵作主，難道還不羞恥？」同連橫的《臺灣通史．朱一貴列傳》所講的相同。

四　民間戲曲

鴨嬤王朱一貴布袋戲係嘉義長興閣布袋戲團黃俊信先生主演，民國八十四年製作錄影帶，片長約一小時四十分鐘，以閩南語文言發音，文武場俱備，前面有完整的扮仙戲。

戲情大意是這樣的：康熙皇帝聽到臺灣朱一貴造反後，調派達毛招統率五萬大軍攻臺，達先取澎湖，守將游志忠投降，並授命潛回鹿耳門，以作內應。不久，鹿耳門也被清兵攻陷。消息傳到鳳凰城，寧靖王朱一貴招集諸將商議對策，謀士俞仁眼見敵眾我寡，勸朱勿輕易迎敵，朱一心復明，未從。將幼主易名「劉至善」，請愈仁帶往河南少林寺托付達宗和尚，自己則率領義士抵抗清兵。後來，朱一貴戰敗，逃至溝尾寮，眼見前有追兵，後無退路，知氣數已盡，仍仰天長嘆，並吩咐義士各自逃亡，自己則自刎而死。

此戲說朱一貴最後自刎身亡，顯然和史實不符。但站在漢民族的立場，老百姓不願見到自己崇拜的英雄義士被清兵凌辱殺害，這種心情是可以理解的。好在朱一貴雖死，但子嗣尚在，保存了反清復明的火種。

原刊於《六堆雜誌》六十七期（一九九八年六月）

二　人物專訪

巧事怪事一籮筐的黃國光校長

一般說來，放暑假是各級學校校長們最能輕鬆自在的日子，可以出國增廣見聞，也可以修身養性，調適身心，甚至於可以多看看書，寫寫東西，但是屏東市忠孝國小的黃國光校長，硬是和別人不一樣。

也許是天生的勞碌命，越是暑假他越是忙碌，只是忙碌還不打緊，卻偏偏在做苦力中一再的掛彩。今年暑假又再度掛彩了，這次掛彩和以往不同，以前是手（腳）破血流，從不當一回事；這次是頭破血流，流血如注，嚇得臉都變綠了。

事情是這樣的：忠孝國小共有六位服務員（原稱「工友」），兩位男性，四位女性。其中一位男的請長期的公傷假，另一位則利用暑假赴大陸去會大陸妻子了，剩下的四位女服務員，則因惻隱之心，不方便要她們做些粗重的活兒，加上新任的總務主任是位嫻靜雅淑的女性，所以黃校長只得「校長兼工友」的自己幹起粗活來了。

最近幾個月來，雨水特別多，學校的樹木花草長得特別快、特別茂盛。一段時間過後，如果不除草、修樹，學校就像一個蓬頭垢面的懶人，怎麼看都不對勁似的。何況，一個全縣最大、學生人數最多的學校，應該利用假期修繕的工程，也一件件的接踵而至，實在夠他忙得不亦「苦」乎，每天黃昏返家，都是蓬頭垢面、汗「泥」浹背。

暑假接近尾聲的八月廿六日上午，學校的粗活兒也接近完工的日子，只剩下校門左側，靠近邊門的鳳凰木尚未修剪。黃校長爬到樹上，粗枝幹用鋸、細枝幹用砍、小樹枝用折的進行著。這時候黃校長前面剛好有一根不粗不細枝葉茂盛的樹枝擋著他的視線，心想：用鋸、用砍都不妥，就乾脆用力拉斷算了。說時遲、那時快，這一拉卻把樹枝所攀附的樹幹也一起拉了下來，樹幹頭兒不偏不倚、扎扎實實的砸在他的頭頂上。「啊呀！」一聲，痛得趕緊摸著頭，頓時好像有隻毛毛蟲從手心沿著臉頰爬下來似的，放下手一看，滿手都是血，胸前的衣服也沾滿了血。這一下可把他嚇壞了，看看四周沒有一個可幫忙他的人，只得斷然決定自行就醫，摀著傷口，邊走邊跑直奔百米之遙的羅秀雄診所。消毒、止血、打針，最後還縫了四針。羅醫師說：「好在打在腦袋殼上，如果再偏後腦一些，那可嚴重了。」治療完照照鏡子，頭頂少了一撮頭髮，多了一塊大紗布，好惹人眼的，只得向羅醫生要了頂舊帽子頂回學校，繼續未完成的工作。從那天起，好長一段日子黃校長幾乎是頭不離帽，帽不離頭。

談起黃校長這個人，真是怪人怪事一籮筐。例如最近才剛結束的國民黨十五全會，本來他可以風風光光、吃吃喝喝的做「八頓將軍」的黨代表，也可逃過這一次「頭破血流」的劫難。可是他偏偏不領黨部及有關單位的情，婉拒特別保留給他只要投一票便可當選黨代表的席位，他說：「剛調來忠孝一年，資歷尚淺，不好意思搶人家的便宜，還是讓給其他資深的先進吧！」你看，有夠老實的國光仔，人家擠破頭、搶得要死，甚至於叩頭、送禮、威脅利誘還要不到的好頭銜，他卻大大方方的送給別人，你說這個人有沒有怪？

去年教師節，在我家女兒出嫁于歸的喜宴上，歌喉很好、又很會當司儀的黃校長，聽到餐廳播放的〈結婚進行曲〉沒氣氛，便自告奮勇的上臺高歌一曲英語的〈婚禮的祝福〉，博得滿場的掌聲。第二天晚上，內人忽然接到自稱是屏女同班同學的電話，問她芳名，電話那邊說：「我是邱秀梅，黃國光的太太。」噢！是三十多年失去連繫的老同學，而且還是自己學校校長的太太，天下事真有夠巧！

更巧的事還在後頭呢！任何人都不會想到，黃校長的一曲〈婚禮的祝福〉，會撮合兩家一對青年男女美滿的結合。巧事是這樣發生的：黃校長的長公子肇崇，交大碩士班畢業後，進入高雄市捷運局當工程師，人很老實，三十多歲了，還沒交過女朋友，黃校長夫婦很著急。透過電腦擇偶，認識了成大會計系畢業、任職高雄市銀行的林姓小姐，交往了二、三個月，覺得情投意合，彼此都很欣賞對方，但倆人都害羞靦覥，不敢主動表示愛意，因此感情便停滯不前。女孩子的爸爸是高雄市中興銀行經理林茂雄，是我屏東師範的同班同學，近四十年來，我們常攜伴參加同學會，所以大家感情很好。那天喜宴過後返家，林經理無意中談起唱歌的人好像是男孩子的爸爸。當天晚上約會時，林小姐說：「我爸今天去屏東參加他同學家的喜宴，看到你爸在唱歌，還蠻會唱的！」「真的？有這回事？」

半信半疑的肇崇返家後，向他老爸求證。「啊！太巧了，大家都是同學，這下事情好辦了！」黃校長是我就讀臺南師專時的同期同學，年齡少我幾歲，一直很客氣的叫我「瑞景哥」；林經理夫婦本籍是屏東林邊鄉人，林夫人和黃夫人是屏女的前後期同學，大家一聊開來，彼此便親切多了。所以黃校長在電話中慎重其事的說：「兩個年輕人的婚事，一切全拜託大哥、大嫂大力促成了。」

就這樣我和內人便成了媒公媒婆，經過幾星期高屏兩地的奔波說項，和電話的耐心懇談，好不容易終於得到林小姐、林經理夫婦的首肯，並聽從我內人的建議，避開今年的「孤鸞年」，在去年農曆年底時結婚。如今，黃家媳婦已經大腹便便，黃校長夫婦想到年底前便可抱乖孫時，嘴角時常會露出會心的微笑。你說，這些人、這些事，是不是有夠巧？有夠怪呢？

原刊於《六堆雜誌》六十四期（一九九七年十二月）

歷經五級師範教育的陳東陞博士

近年來，在六堆圈子裡，談到體育，幾乎便會想到美和的棒球；談到教育，便會想到六堆熱心人士興辦的美和護理管理專校和美和中學。

過去六年，美和護專和六堆大老溫興春先生幾乎劃上等號。自從去年八月溫校長退休轉任總統府國策顧問後，接篆的校長是由先鋒堆——萬巒鄉出身的陳東陞博士擔任。

民國五十一年以前的陳博士，也就是二十五歲前，是在屏東土生土長、求學、教書。五十一年以後，幾乎都在臺北、國外進修、打拼。就是因為如此，六堆人士熟習他的人不多，真正懂得他的奮鬥史的人更少，所以才激起筆者想讀他、寫他的念頭。

東陞兄在讀萬巒國小時，高我二屆，平日斯斯文文、中規中矩，講起話來慢條斯理的，很有大哥的風範。他的老家在萬巒庄的東邊，雖然距離在西邊的我家，有一段距離，但是因為在國小附近，所以放學後，常會順路去他家院子裡玩。去他家玩還有一個好處，是他家院子裡種了許多果樹，如番石榴、木瓜、蒜果等。當時大家的生活條件很差，小孩子幾乎沒有零用錢，所以一個個像餓鬼一樣。加上他母親待人和藹親切，爸爸陳運水先生當警察常不在家，東陸哥兄弟姊妹有七人，他排行老大，所以可以同意讓我們爬樹攀摘水果吃，就是因為這種關係，從小我就和東陸哥很投緣，把他當偶像。

他國小畢業進入內埔中學就讀，因為受到小學老師不斷鼓勵，三年後考上了屏東師範。在學三年，成績優異，本來可以和現任的教育廳長陳英豪同時應聘進附小任教。但當時他倆放棄此種榮譽，毅然自願到山上做孩子王。陳廳長去來義鄉望嘉國小，而陳東陸則到春日鄉春日國小擔任高年級班級任，還樂此不疲教了三年，教出不少的優秀學生，搶了不少平地人的好學校。如果不是去當二年兵，東陸哥也許要當上「番王」了。

服完兵役，仍然熬不過附小朱劍鳴校長的盛情約聘，進入附小任教兼圖書室管理員。當時我也在附小，沒課時常去圖書室和他敘舊。那時，他一有空就在看書，隱約的知道他有意繼續升學。一個學期後，換我去當二年兵，他在附小只待了九個月，便考入省立臺北師專就讀。

陳校長讀的是三年制甲類的師專，也就是師範畢業服務期滿考上的那一類。他們是第一屆，據說畢業後，他班上的同學無論在教育界、學術、政治或商界，個個都有傑出的表現。而東陸兄師專畢業，被分發到臺北市雙園國小兼任研究部主任，因為全校有一百零九班，依規定主任可以免上課。

當年暑假，他以師範畢業生的資格參加大學聯考，考進臺灣師大教育系，雖然以最低分考上，四年後，卻是以第一名畢業。四年的大學是以帶職進修性質完成學業，在一面上班、一面讀書進修，還能第一名畢業，實在難能可貴。

師大畢業後，分發國中實習一年，旋即被讀師專時的老師，後來擔任臺北市立師範專科校長的孫沛德拉去當助教。兩年後，又被臺灣師大的教務長宗亮東先生請去當他的祕書。只當了一年，他通過日文資格鑑定，並得到國科會的獎助學金，遠赴日本國立東北大學教育心理學系攻讀碩士。東北大學是日本三個帝大之一，現任的臺大校長陳維昭當時也在該校攻讀醫學博士。

民國六十四年從日本學成回國，進入臺北市立師範學院擔任講師並兼任組長。三年後升任副教授，兼任組主任。民國七〇年奉命接任臺北師院附設實驗學校校長，這所附屬學校位在臺北總統府附近，是臺北的首善之區，也是達官顯貴子弟就讀的學校。如果當校長的沒有兩把刷子，這些有頭有臉的家長，假使找上門來，便要「吃不完兜著走」了。七〇年暑假，黃國忠、溫文華校長和我三人，在師大教育研究所進修時，東陞兄還特別帶領我們參觀學校，並盛情招待中餐，至今尚感無限溫馨。

民國七十六年，深造的機會又頻頻向他招手，東陞兄內心深感不拿到博士學位，將是終身憾事。這年，國科會的獎助學金又再度降臨，於是便毅然決然的辭掉校長的職務，遠渡美國，進入杜瑞克大學教育研究所攻讀博士學位。不到一年的工夫，東陞兄就把博士課程通通修完，因為入學前，他已經有豐富的教學以及行政經驗，所以比一般人還快的取得撰寫博士論文的資格，經過八個月不眠不休的圖書館苦熬，終於在第三年通過艱難的論文審查，和三天三夜高潮迭起、唇槍舌劍的論文口試，好不容易的取得了博士學位。

七十九年暑假，東陞兄學成歸國，再度回到臺北師院擔任教授，並兼任特殊教育中心主任。當今很紅的「創造思考教學」權威陳龍安教授，當年還是他手下的助教。後來，東陞兄升任系主任，中心主任就由陳龍安接任。

從民國四十二年就讀屏東師範畢業以來，凡四十年，東陞哥經歷了五級的師範教育的路程，曲曲折折的奮鬥了四十幾年，師範、師專、師大、教育心理學碩士及教育學博士，一關一關的闖、一級一級的爬，這中間有多少的艱辛？有多少的煎熬？局外人是很難會體會得出的。尤其是讀過師範的人都知道，當時的師範學校英文、數學的課程，幾乎是荒蕪一片。如果不是有心人，師範畢業想繼續升大學，幾乎是痴人說夢。因為高中畢業生考大學是札札實實的考五科，而師範畢業生卻等於只考三科，這怎麼和人家拼？然而東陞先生以二十八歲高齡參加聯考，卻能一舉考上，如果不是有異於常人的特殊秉賦，就是有超平常人的毅力，否則是很難有如此的幸運。所以在了解了他的奮鬥史以後，特別想提出幾個心中的疑惑請教他。

林：恕我冒昧，請教幾個問題。隱約記得小時候您成績很好，為什麼沒讀屏東中學初級部而讀內埔中學？

陳：當年我分別考上省立的屏中初中部，和縣立的內埔中學。我爸雖然當警察，但是收入不多，加上有七個兄弟姊妹，食指眾多，我又是排行老大，為了節省通學的開銷，所以才捨棄屏中，改念內中。

林：師範生參加大學聯考，要考上師大教育系，是件不容易的事，英數二科您如何加強？尤其您還去美國讀博士，英語的基礎是怎麼奠定的？

陳：我當兵二年是在中壢龍岡的第一軍團通信群，部隊裡有許多服役的留學生和外籍軍人。為了學好英語，我常和他們請教和對話。公餘之暇，我把高中的英數課本，從第一冊起一點一點的自修，不懂的便請教別人，二年下來，高中的課程大概也就弄通了。面對外國人時，我也敢瀟灑的和他們交談了。

林：您還去日本留學，那日語又是怎麼學的？

陳：光復前我讀了一年多的日本小學，稍有基礎。讀師大四年，在師大選修日文，在臺大旁聽日語。四年下來，我的日本話大概可以通行無阻。留學日本前，還特地到日本使館，取得日文資格鑑定書。所以我去日本留學時，就直接被編入研究所攻讀。而一般留學生則需要至少一年的日文先修後，才得攻讀研究所學位。

林：您辛苦的走過五級的師範教育路程，曲曲折折的花了大半輩子才拿到博士學位，這種耐力不是一般人可以做得到的。請問：這是那兒的力量支持您做到了？

陳：是興趣和毅力，因為我對教育充滿興趣、懷抱理想，所以我一直心甘情願、滿懷喜樂的長期追求。追求理想只靠興趣還不夠，必須加上百折不撓的毅力，才能作長期的奮戰。當然，我的另一半給我安定和樂的家，也是功不可沒。

林：可否談談您的家人？

陳：內人高新絹，是讀臺北師專時的同學，但不同班，是淡大的法學士，現在中山國小教師。育有二子，老大自美回國後，任職美商公司；老二中央大學經濟系畢業，現服兵役中。

林：陳校長接任護專快一年了，您對美和的觀感和今後努力的目標是什麼？

陳：美和護專創校已三十年了，學校在安定中不斷的求發展、進步，是一所很可愛的專科學校。但是時代不停的在變遷，潮流不停的湧出社會的需求，有朝一日專校將被學院取代。所以籌畫盡力將專校改制為技術學院是我的首要努力目標之一。其次發展校務，加強專業技職教育，促進社區發展，善用社會資源，促進經濟繁榮等，也是我今後努力的方向。

告別了東陸哥，走出了「國寶」大廈，回頭看看東陸哥一生所拼鬥的成就，就像他目前借住的十層高樓那樣的巍峨，真是令人由衷的感佩。心想：小時候和現在的偶像，仍然還是東陞哥。

原刊於《六堆雜誌》六十期（一九九七年四月）

拒收紅包，不攀龍附鳳的鍾樂上督學

在四〇、五〇年代，屏東縣教育界享有盛名、學識品德皆受人尊敬的六堆子弟中，要算鍾樂上先生最受人推崇。

屏東縣民選縣長張山鐘任內，在好友楊增春先生的力薦下，樂上先生從省府建設廳祕書職位，被請回屏東擔任督學工作。更在李世昌縣長任內升任主任督學，主持全縣各級學校教育的視導工作，直到退休，共計二十二餘年。

樂上先生任職督學的時代，正值政治威權時期，當時政府的一切典章制度都未臻完備，政府行政首重人治，尤其教員的派調，主任、校長的選任，都可暗盤交易。在這紅包橫行、爭權奪利的潮流下，唯獨樂上先生洪流砥柱，獨樹一格。不僅奉公守法、廉潔自持，而且在視導各級學校時，直接走入教室、廁所、學生群中、學校各角落後，再進教師辦公室問候教師，並查閱學生作業，了解學生的生活教育，課業學習和各項設施是否完善，最後才到校長室與校長懇談，並提出建言。這種作風，在當年真令人不可思議。

樂老任職督學期間，筆者剛好由屏東中學初中部畢業，進入屏師就讀，畢業後奉派山地來義國小一年半，後應聘屏師附小任教，期間時有耳聞樂上先生的教育風範。民國五十七年改任中正國中時，與樂上先生長公子國桂老師共事，那時的校長是柯文福先生。柯校長有意競選縣長，所以全校師生為了替他爭取「業績」，皆全力以赴，打響校譽。因此積極參與校外競賽，舉辦美術、工藝、家政等展覽。國桂是工藝教師，我是承辦各項活動業務的訓育組長，所以我倆常不眠不休的催生作品，佈置會場，真是合作無間。就因為這樣，座落在新北勢的鍾府，便常有我的足跡；也因為如此，偶而也就會遇見到樂老。當時樂老給我的印象是「仰之彌高，近之和藹」的謙恭雅儒、學者風範的長者。

樂上先生今年高壽八十九歲，已經快二十年沒有親聆教誨。半年多前，「六堆」文教基金會總幹事永發兄要我去拜訪樂老，並替樂老寫個小傳在《六堆雜誌》報導。因為怕寫不好，不敢銜命。最近鍾兄一再催促，二來好久沒拜見樂老了，便約了時間，在廣東路「明中新村」次公子國林老師家拜訪到樂老。真沒想到，近九十歲的人，還這麼硬朗、健談，記性還那麼好，一談就三個多小時，還意猶未盡。更沒想到的，樂老一生經歷之豐，閱歷之多，傳奇之怪，恐怕六堆人士中，很少人能出其右。

我第三度訪談時，國林在旁陪侍。在訪談告一段落後，筆者問國林，在他過去的歲月中，生活上有那些小故事，最能表現出他老爸的風骨？國林想了想說：「我們兄弟小時候在讀書時，老爸剛回來當督學，住在破舊的伙房裡，督學薪水低，加上沒積蓄，所以生活很苦，三兄弟及一個妹妹，每天幾乎沒零用錢買糖吃。那時中學教員的任用尚未建立制度，只要大專畢業就可以當老師，因此有志於教育的年輕人，來請求幫忙時，我爸大多樂以推薦，事成後有的會送個禮盒來表示謝意。老爸看我們嘴饞，偶而會選擇性的（要常來往的親友）收下交給我們兄妹開來吃。有的禮盒下端還藏有紅包，我們看到了便告訴老爸，老爸便二話不哼的，不是急著叫國桂，就是叫我追出去，拿還給人家。」

「忘了是那一年了，黃杰當省主席時，我有一位堂哥名叫鍾仁雄的。有一次到省農林廳開會，在一樓簽到處簽下住址『屏東縣內埔鄉……』時，剛好黃杰走過來簽名時看到，便向我堂哥說：『以前在桂林時，我有一位老同事，名叫鍾樂上的也住在屏東內埔，你認識不認識？』堂哥抬頭一看，是省主席黃杰，愣了一下說：『認識！認識！他是我叔叔。』黃杰便要他返屏後，通知我爸到省府來看他。我堂哥那敢怠慢，下午會議結束後，也顧不得明日還有會要開，連忙坐快車回內埔，想把我爸爸連夜請去臺中，準備次日一同去見省主席。可惜事與願違，儘管堂哥說破了嘴，我爸仍然不為所動，堅拒不去，害堂哥乘興而來，敗興而去。堂哥去後，我問老爸為什麼不去？他淡淡的說：

『你們難道還希望我攀龍附鳳？』……」（註）

話說到這兒，樂老插了一句：「瑞景弟！這一段話不要寫，免得讓人看了會以為我鍾某人沽名釣譽。」

時候已太晚了，我起身告辭。國林送我到門口，臨走前，我告訴國林他的第二則故事，我決定還是要寫出來，因為我常常迷惑不解一個問題：到底什麼是客家精神？客家人的「硬頸」骨氣，又要怎樣表現才算是？今天我終於有幸的在樂老的身上找到完整的答案，也受到深深的感動，這時國林也點點頭表示同意。

註：據云黃杰將軍在民國三十二、三年間是中央陸軍軍官學校第六分校教育長，當時他為了照顧抗戰中向日軍拼死活的軍人子弟，在桂林觀音山附近曾創設了一所中學，校名「桂林私立中正中學」，自兼校長，樂上先生最初受聘為該校教師，繼又被聘為教導主任，所以才有「故事」中的一段小事。

節錄於《六堆雜誌》五十二期（一九九五年十二月）

感念助我開啟新人生的貴人
——林亮雲先生

前些日子，在客家雜誌期刊上，看到當年（民國六十六年）屏東縣客家省議員邱連輝未獲國民黨提名競選連任，在地方仕紳徐傍興醫學博士鼓動下，脫黨競選而當選的往事。

一　郵票省議員

在邱連輝擔任省議員之前的屏東客家一席省議員是林亮雲先生。林省議員為人和藹可親，待人誠懇有禮，清廉自持，服務非常熱心。當時口語相傳，若有需要服務的縣民，只要親自登門拜託，或寫封信，貼上一張郵票，他就服務到家，所以才有「一張郵票」省議員的名號。當時我是二十來歲的年輕人，只是耳聞，還未有什麼要事可請他服務的機會，所以他在我心目中，只是個很正向的政治人物而已。

二　因山居而寫作

民國四十七年七月我從屏師畢業，被分派到縣內一所沒電燈的山地來義國小。那時候的交通工具是腳踏車代步，機車非常少，要從日本進口，一輛要上萬元以上。當時我的月薪只有四百八十元，根本買不起，上下班只得騎腳踏車，每天費時將近兩個小時。剛上任第一學期，從事教書工作，還算興致勃勃，不嫌勞累。一學期很快的過去了，第二學期開學後，天氣漸漸炎熱，每天上山下山，路上奔波，騎得滿身大汗，很不是滋味。索性也跟兩位同鄉學長看齊，下班後不回家，三人合請工友煮三餐，吃的是山產野菜。

天黑了，外面毒蛇不少，不敢趴趴走，只得進屋睡覺。把兩張辦公桌併在一起，拿雜誌書報當枕頭，掛上蚊帳，外套夾克當棉被，就這樣克難方式進入夢鄉。因為睡得太早，所以半夜一、二點便醒過來後，再也睡不著，躺在「床」上，天馬行空，胡思亂想；想些白天教學的狀況、給小朋友講的自編故事、看過的書報、一些值得探討的教育問題。想多了，靈感來了，寫作的衝動促使我一骨碌地爬起來，打開蓄電池的小燈泡，揮筆寫作到天明。

三　小蝸牛搬家

當時的投稿對象，大多數投向《國語日報》「山地教育周刊」、「國民教育」欄，以及《臺灣教育輔導月刊》的「兒童文學」及「教育文藝」版。

記得四十八年十月間，《臺灣教育輔導月刊社》舉辦兒童文學徵文比賽，我想起了讀師範時的黃春明同學，以及他的作品〈小蝸牛〉。於是我以當時大多數小孩在貧窮家庭過苦日子的心理想法，寫成一篇五千多字的〈小蝸牛搬家〉參加比賽。因為山上投郵延誤，沒趕上截稿日期，主編經我同意後，在次期刊出。稿費二四〇元，是我的半個月薪水，這對我寫作的鼓勵實在太大了。

四　進附小展抱負

後來得知屏師附小有缺老師，我寫了一封信給母校張效良校長，請他出面推薦。沒多久，當時的朱劍鳴校長，寄來一封限時信，要我到附小面談。朱校長曾經上過我們班「教育心理學」一年，多少知道我這號小人物。面談之後，馬上叫人事室主任開立草聘給我，要我到屏東縣教育局辦理離職手續，寒假中向附小報到。

進了附小之後，每天可省下上班路上奔波的兩小時，早上可以早一點到教室陪小朋友早讀；傍晚放學，也可多花一些時間給需要補救教學的小朋友。很令人窩心的要算是，學校提供教職員宿舍，也成立伙食團，個人生活上的打理，也就簡單多了；相對的，閱讀、思索、寫作的時間也多了些。

五　創意作文萌芽

學期中，學校在大禮堂舉辦大型教學觀摩會，提供給屏師應屆畢業生參觀學習，商請我擔任作文教寫。當時我決定捨棄傳統式作文教寫法，以內容生活化、寫作遊戲化完成。在尋找題材時，發現班上洪素英長過臀部的長辮子可作為題材；把同學平日生活上互動的戲碼，很生動的在教寫中演出，把精華寫進作文裡。這種活潑、有趣的作文課，獲得滿堂的喝采與讚賞。

當時的初心，後來研發成「創意作文教寫法」，應邀到全國各級學校現身說法，蔚然成為作文教寫的新趨勢，並先後出版了三本還算暢銷的專書。第一本《創意作文與新詩教寫》還獲得八十八年臺灣省末代教育人員研究著作甲等獎，獎金四萬元，由當時的代理廳長四九級校友王宮田頒獎（原廳長是四五級陳英豪校友，後來轉任考試院考試委員）。

六　創作長篇童話

民國五十年暑假，我三年服務期滿，應召入伍當兵，二年後退伍返校，當時國小畢業，升學初中非常競爭，市區國小放學後，幾乎燈火通明，繼續加強補習；附小卻依然故我，仍堅持遵照部頒課程上課，不額外加強課業，造成學生紛紛轉學，留下的學生、家長對老師、學校頗多怨言，老師成了夾心餅乾。促使年輕、單身老師紛紛申請外調、升學或參加各種考試，一心想脫離這種是非學校。

民國五十三年，我考入臺南師專就讀。受到兒童文學專家林守為教授的鼓勵，戮力鑽研、創作兒童文學，完成長篇童話故事《小白兔尋師記》。後來由「百盛文化」出版，還獲得到教育部推薦為優良兒童讀物。

七　參加中檢考試

五十五年六月師專畢業，在朱校長的召喚下，又回到附小任教。當時四六級黃海懸、尤育正學長，私底下在積極準備中等教師體育科檢定考試，神通廣大的收集到當年的體專、師大體育系的講義和筆記，好心邀我一起去應試。平日我喜歡運動，各種球類都樂於嘗試，尤其網球、桌球還是當年校隊代表，所以也就一頭鑽進去試試身手。

中檢總共考九科，只要三年內九科分別考六十分以上，就算中檢及格，便有任教中學的資格。我第一年通過四科，第二年三科，第三年剩下二科。報名補考時，心想：最後一年了，通過，是幸；不過，是命。過了，頒發及格證書；不過，登記七科的成績單，留下來做紀念。

中檢初試放榜了，我名落孫山。我爸問我：「為什麼沒考上？」「我不知道，不過我認為作答得很好。」「這個禮拜六，我帶你去新埤鄉的打鐵庄，拜託林亮雲省議員去幫你查一下成績。」

八　政治人物服務典範

一大早，父子倆各騎一輛腳踏車，由萬巒出發騎了兩個多小時。林家是三合院祖厝，在中間祖祠大廳接待訪客。我倆到達時，四、五張長板凳，已經坐滿了人。輪到我們時，我把事情原委訴說一遍，他一一用記事簿仔細的寫下來，並告訴我說：下星期一他會到中檢會查閱。

星期三下午，我正在教室上課，室內廣播要我即刻到校長室一趟。一進校長室，林省議員正和校長交談，一看到我，便劈口說：「恭禧你，你考上了！而且兩科都是七十幾分。你也太糊塗了，竟然沒繳交成績單，所以成績無法登錄，因此被刷下來。還好，現在還可補救，趕快去拿成績單，我今天趕回去，明天補辦，叫承辦人員馬上補寄錄取通知單，趕上下個禮拜的複試。」校長和我送走了林省議員後，校長轉頭對我說：「省議會這麼多省議員中，林省議員是我最敬佩的一位。」

五月中旬，我拿到正式的中檢合格証書。在潮州鎮公所任職的大哥提醒我：做人要懂得知恩圖報，林省議員那兒一定要去登門致謝。我媽知道了，便做了一大箱的客家小吃，還抓了一隻大母雞，大哥包了一個大紅包，陪我送過去。結果，一項都不收，還叫我們兄弟倆通通拿回家孝敬父母。

九　進國中展開新人生

民國五十七年八月一日是臺灣教育史上劃時代的大日子，九年一貫國民義務教育正式開鑼。國民中學正式成立，需要增加大量的國中老師，我就憑著這張剛出爐、由林亮雲省議員協助才獲得的中檢合格証書，透過時任中正國中訓育組長鍾永發鄉賢的舉薦，順利進入屏東市區最大的國中任教，開始展開另一個嶄新的人生。

原刊於《屏師校友通訊》十期（二〇一九年四月）

教育界的「士官長」教師作家
——黎華亮老師

今年暑假，友人輾轉送來一本厚厚近四百頁的散文集《春雪》，封面設計很雅緻，看看作者是誰？原來是好友黎華亮。我一面翻書，一面在懷疑他怎麼捨得拿出錢來，出版這種大部頭的書？噢！原來是縣文化中心代他出版的《屏東縣作家作品叢書》。

黎老師家住內埔，在內埔國中擔任國文科教師，今年是他服務教育界滿四十年，剛接受完李登輝總統的邀宴與贈匾。四十年的作育英才，以及寫作生涯，其過程可以說是臺灣半世紀來教育發展史的記錄。看多了「大人物」的傳奇報導之餘，再看看站在教育界第一線的教師，是如何衝鋒陷陣、教學相長的，就像這位戰功彪炳，一身傳奇的教育界的「士官長」——黎華亮老師，聽聽他的故事，也是滿有意思。就好像吃多了大魚大肉，偶而吃吃泡菜，不也是另有一番滋味在心頭，因此很早就想寫寫他的故事。

九月中，我和黎老師同赴豐原市中等教師研習會，參加全省各縣市國文科輔導員的「創造思考教學」研習之便，利用朝夕相處的機會，斷斷續續的、比較有系統的挖到他近半世紀的傳奇故事，今加以整理出來，讓讀者享受一下「泡菜」的滋味。

林：黎大哥多我二歲，幾乎是同時代的人，我初中畢業，同時考上屏東高中和屏東師範，心中雖想讀高中，但父母以繳不起學費為要脅，硬要我放棄高中讀有公費的師範，就這樣迷迷糊糊的走上當老師的路子。而您又是什麼情況下讀師範的？

黎：那個時代讀師範學校的學生，家庭幾乎都是貧窮，生活困難。讀師範不但每學期不用繳學費，連吃飯也由政府給錢，畢業後出來又可當老師賺錢，是當時最多人想考的學校，所以競爭比現在的大專聯考還激烈。

我父親二十歲生下我後，一連七個弟妹也相繼出世。媽一個字也不懂，做些零工，養豬積蓄，以彌補父親田裡收成的不足。有一次，我跟父親去田裡耕作、除草，一隻水蛭吸住我的腳踝，流了很多血，嚇得跳出田梗，把稻苗踩死了不少。父親很正經的警告我：「如果書讀不好，那再來給水蛭吸血好了！」回家後便下定決心要考上「吃飯」（師範）學校，一方面減輕家庭的負擔，另方面也可達成父親的心願。

林：您是讀那所師範？什麼動機下開始寫作的？

黎：民國四十二年考上臺東師範，一晃三年，才覺得除了「吃飯」以外，尚有其他神聖的任務，當時我怕讀不好要賠公費，當不成老師，因此非常投入，學到很多東西，偶而也會把心得轉化成創作，開始賺些稿費。那時由於附小校長趙壽珍的倡導，也同時致力於兒童文學的創作。如今兒童文學蓬勃興起，是莘莘學子在課本以外的最佳精神食糧，這是在師範教育培育下，最值得引以為傲的事。

林：畢業後出來教書，初當「菜鳥」老師，相信有不少的趣事發生。

黎：第一次領到薪水，是在四十五年被派到地圖上找不到的樟原國小。那時才四百五十元（內含一百元的山地加給），三百元要寄回給家用。我來到樟原國小，他們對我非常好奇，因為是第一位正牌的師範畢業生來任教。那天晚上歡迎會上就喝了七十二瓶啤酒，一大桶太白酒。那裡沒有電燈，當然也沒有飲食店，只在雜貨店裡買些罐頭、花生配酒、外加炒了一道「蝸牛」的佳肴。以藍天為頂、操場為舖、月亮、星星為伴，大伙兒在天亮醒來，露水已浸濕了全身。那段時日，我以校為家，自己弄炊是很尷尬的事，好在學生會幫忙撿柴火，家長會送海鮮、山產，生活倒滿快樂。為了在黑漆漆的日式宿舍裡壯膽，晚上都有學生陪我，同時教他們功課，家長滿是歡喜，因而提高了讀書風氣。二年後一舉成名，破天荒的考上省中的就有好幾位學生。當離開那兒時，愛的行囊也顯然沉重了些。

林：後來調到那所學校？

黎：後來調派到稻葉國小，情況更特別。這裡沒有教室，只用茅草搭了幾間，好像難民營，連校鐘也得從稻葉火車站送一截鐵軌給我們上下課時敲，聲音很清脆，頗有「桃花源」之境。毫無疑問的，這時最迫切的是校舍的興建，那時蓋校舍的錢叫「三對等基金」：省府、縣府、地方各負擔三分之一的經費。

於是我跟著稻葉站長叔叔，利用大清早去各家募款，一共建了六間教室，一間廁所，二間宿舍。次年入伍服役，二年後回校擔任教導主任。後來全村的士紳要推薦我當校長，大為驚恐，不敢接受，因為當時我才廿四歲。之後，學校安定了，自己努力進修，五十七年參加中學教師檢定考試及格，才離開稻葉，轉任國中任教。

林：是那所國中？怎樣從臺東調回屏東服務的？

黎：是應聘到新成立的東海國中，兼任管理組長，校長杜漢豐一見如故，幾位在國小做過行政工作的就這樣成了他強有力的幹部。不過只能幹組長，因為沒有大專的學歷，是沒資格當主任的，可是學校大部份的事情，都是組長們一手完成的。所以杜校長很倚重我們，使我們幹得很起勁。一年後，杜校長被調到屏東的枋寮國中，我就順理成章的跟著回屏東服務。第二年，母校的內埔國中李為校長，也是我的老師，要我回內埔服務鄉親。

林：您在內中服務最久，不但長才發揮得淋漓盡致，而且得了許多獎，學業上也更上了一層樓，詳細情形可否摘要介紹？

黎：是的，在內埔國中我可以說是發揮了長才，首先我們辦了一次九年國教展覽，把我實驗的「魏軾教學法」公諸於世，並著有《國中國文魏軾教學法心得》一書，因為對國語文教學有貢獻而獲得中國語文學會所頒發的第五屆中國語文獎章。

可是有再多的表現，沒有好學歷總是差人一截。所以在民國六十年時，投考高雄師範學院夜間部國文系，那時我三十五歲，是班上年紀最大的一位，白天教書，晚上騎摩托車或坐車去高雄唸書，這樣五年風雨無阻下來，的確獲益良多。那段期間，我寫得最勤，校內刊物和校外報章雜誌上經常可看到我的文章，師院的老師、學生幾乎都認識我這位「老師學生」。

六十五年師院畢業，即進入臺灣師大國文研究所暑修班深造。六十七年屏東縣政府國教輔導團聘為國文科輔導員，到現在已進入了第十九年，可以說是輔導員中最資深的一位。七十三年獲選為屏東縣特殊優良教師。八十一年出版《配合課文的作文教學研究》一書，榮獲教育部人文及社會　科學獎章及四萬元獎金，同時獲得教育廳長青專案獎助績優教育人員出國考察。

林：您從小學到中學，兼任長時間的行政工作，從組長到主任都當過了，只差校長沒當過。平日從您的言談、文章中，可略知您有滿肚子的教育理想和抱負，不當校長完成心願，實在很可惜。

黎：我也是這麼覺得。擔任了這麼久的行政工作，經過了好多所學校，也跟過這麼多的校長。尤其是長期擔任輔導員的職務，經常巡迴輔導各國中，看多了，體會也多了，要怎樣主持校務，當一位稱職的好校長，自信我已經培養出這種能力。可是，要當校長之前，必須通過國中校長甄試，而多年來的校長甄試辦法、方式，對我這種一直泡在國文圈裡，未曾涉足教育體系的人來說，實在很不公平，所以十來次的前仆後繼，校長的頭銜總是跟我擦身而過，也許今生我沒這個命。

林：「塞翁失馬，焉知非福。」說不定您沒當上校長，反而在其他方面更有成就。就像這本《春雪》的出版，就是證明。可否簡單介紹這本書的內容？

黎：這本《春雪》，可說是我四十多年來的散文創作總集。內容有生活小品、報導文學、評論、學術論著、教育心得，以及兒童文學、詩詞評論等。概括來說，以鄉土文學為主軸，教育性、抒懷性的文章居多，刊載在《國語日報》、《中國語文》、教育類雜誌及新聞報等佔多數。全書共分四輯：第一輯屬生活散文，第二輯教育論著，第三輯是兒童文學類，第四輯則屬文人及其作品評述。

林：「余致力國民教育凡四十年，其目的在求溫飽而已。」這句話是您今年碰到老朋友時，最愛閒聊的一句口頭禪。別人聽起來也許會覺得幽默好笑，但是在我聽來，卻有一股對教育既愛又無奈的滋味在心頭，對吧！？四十年來服務國民教育的最大感受是什麼？不妨說說看。

黎：四十年來最大的感受，可以以今年的大學聯考作文題目〈自由與自律〉來詮釋。從前的學生不必講自由，實際上很自由；不懂自律，但很守規矩，很聽話，覺得老師非常受尊敬，所以都非常自愛、能感恩。每個人都依著他的資質去發展，縱使書讀不好，也是很有氣質，這都是從老師那兒薰陶而來。三、四十年的學生，我幾乎如數家珍，他們也都記得我，是不是很難能可貴？很有人情味？

現在的學生喜愛自由自在，不喜歡受控制，也就是「只要我喜歡有什麼不可以」。因此要他們多讀一點書，學一些做人做事的道理，就好像要他們的命，殺他們的頭似的，因而師生之間常發生敵對的狀況。其實，我們也不是在強迫人家讀書，讀書也不一定能決定一個人成大事立大業。〈比讀書更重要的事〉（北區高中聯考作文題）這種觀念已日漸增長，那教師的地位就不只是教書為能事，教人則更重要了。但是我感覺得：書讀得好的後果，與讀不好相差很多，教師若要教人學好，鼓勵讀書是比較有效的捷徑。

林：教了四十年，有沒有想退休的打算？

黎：我很想「淡出」教育圈，就像父親「淡出」人生一樣。他八十高齡了，仍然堅持生命的執著，看他微笑沒有意識的揮揮手，好像叫我回到教育崗位上去。他向病魔挑戰，靠一個意志；我向教育挑戰靠一個理想。革心、革新、革面……仍應致力不懈，這樣才不會辜負父母、國家培育之恩。

於是我想，對於這位堅持育才理念的硬頸漢，只有「欽仰」兩字來頌讚了！

原刊於《六堆雜誌》五十八期（一九九六年十二月）

強勢領導、走動式管理的溫文華校長

新任屏東中正國中校長溫文華先生，是高樹鄉客家人，也是國策顧問溫興春先生的姪兒。自從三月七日接篆以來，便認真的、積極的，可以說是不眠不休的投入應興應革的校務工作。似乎有一股強烈的震撼力，讓老師、學生、家長感受到，這位校長是真正來辦學的，不是來當「水昆」兄的。

接任第一天，他便嚴格要求學生，上課時間絕對不可在外面或走廊走動；上課認真，不可隨便說話、睡覺、離位；徹底整潔打掃，不亂丟垃圾；早修、午睡、自習要安靜無聲；下課注重禮節、輕聲細語等；違反者一律受罰，或週六下午自動返校參加「快樂營」活動。命令下達後，他每天從早上七點起到放學止，時時刻刻在校園巡查糾舉違規者，並親自帶領「快樂營」學生做美化學校的工作。令人訝異的是，不到三、二週，學校的生活常規便全然改變，變得井井有條。

教育廳派令發表的當天，溫校長一個人悄悄地來到學校巡視，他發現這號稱屏東縣首屈一指的明星國中，居然是全縣最破爛的學校之一，無論普通或專科教室、辦公廳、實驗室、廁所、課桌椅，以及教學器材等，在欠缺維護及過度使用下，簡直可以送進歷史博物館展示。因此在校務交接的典禮上，當來賓向他恭賀時，溫校長沒有接掌明星學校的喜悅，內心只有一股強烈的責任感，等著他重新起航。

視事當天，溫校長集合了全校老師，公開請求老師們同他一起為學校、為學生全力以赴、盡心盡力。他告訴老師們，他有兩個大包袱：一個是落後的硬體建設及人力可及而未及辦妥的工作，多年累積下來便有一大籮筐，例如進入校園的第一排國中大樓，整棟大樓已嚴重的地層下陷，早在六年國教優先基金項下就應該打掉重建。又如學生課桌椅，不但破舊，而且塗滿了立可白，實在很不雅觀，嚴重影響生活教育。這些改善工作，他會劍及履及的在短期內一一完成。另一個包袱是今年應屆畢業生二十七班，可是學區內登冊入學學生才只有十七班，換句話說，中正國中如果再不提昇號召力，暑假過後，起碼會有二十多位老師被迫離開中正，那時候誰走？誰留下？都是傷感情的事。所以，請求老師們和他一起打拼，以重建中正雄風。

第二天起，溫校長每天七點未到，便踏進了校門，換上了辦公桌下的運動鞋，開始了也自認為「學校長工」的工作，舉凡看交通、陪掃地、看早修、巡上課，連學生午飯、午睡，甚至於家裡讀書環境較差，自動返校晚自習的國三學生，溫校長也都陪伴到底。有一個夜晚，已經深夜十一點了，他在辦公室忽然想起一件急事，要交代溫夫人，便拿起電話，電話那頭劈口就說：「你有神經病哪？現在幾點了，你不睡人家可要睡覺。」「咔嚓！」一聲電話便掛了，溫校長拿著話筒楞了老半天，自言自語的說：「我真的有神經病？」他夫妻倆參加的宴席上，溫太太張碧華老師常向親友怨嘆：我老公已經賣給了中正國中當長工，家只不過是他睡覺的旅館。同桌的客人，都不禁莞爾。

老師們及行政同仁的眼睛是雪亮的，溫校長的用心每個人都心知肚明。過去奉公守法，認真教學的同仁，現在個個更認真、更積極，因為校長身先士卒，帶頭做苦力；以前輕鬆、隨便慣的人，現在看到溫校長雷厲風行的除惡去弊，怕那天颱風掃到自己身上，因此個個開始收斂認真起來，上課鐘聲一響，有課的老師屁股馬上和椅子說再見，上起課來比以往更加有勁，全校師生的表現，好像來了一場脫胎換骨似的。

訓導處王金勝主任說：「學校這麼大，班級數有七、八十班，學生多達三千多個，過去只靠四位組長和我，想維護好全校學生的秩序、整潔，真的是疲於奔命、漏洞百出。老實說學生脫序違規的死角，防不勝防，加上附近住家、商店出租漫畫、電動玩具、香煙檳榔、撞球場的不斷誘惑，爬牆逃學的事件屢見不鮮。如今曾當過警察的溫校長來了以後，等於給訓導工作打了一劑強心針，他帶頭去抓平日調皮搗蛋、行為異常偏差的學生，並隨時掌握了他們的動態。只經過一個多月的時間，學校不但乾乾淨淨，秩序更是有口皆碑，問題學生也逐漸在消聲匿跡中。」

教務處鄭文東主任接著指出：「這個學期開學以來，好像有一股力量促使老師們認真真、兢兢業業的動了起來。過去行政人員巡堂是件難過的差事，現在巡堂卻是令人賞心悅目，因為所看到的幾乎是努力用心的教學，感人的師生互動。學生的感受相信比我們更清楚，他們回去後自然會廣為宣傳，所以近來市內郊外的學校，前幾名的好學生轉進來的，好像有逐漸增加的趨勢。我在想：這股力量無疑的是溫校長帶來的，不是嗎？」

據傳說溫校長一向採強勢領導，有時還當著學生面前，給不甚盡責的老師難堪。筆者曾私底下訪問了一位教自然科的曾老師，想知道老師們的心聲。

曾老師說：「過去幾位校長待人親和，凡事尊重老師的教學專業，所以採用放任的領導方式。就因為這樣，有些『軟土深挖』的人，便不會太在意自己的職責。現在溫校長要求人人辦公認真、教學賣力，這是正當、合理的要求，實在沒必要心生埋怨。譬如段考是學校的大事，可是過去每次段考的二天，是全校最吵鬧的時段，溫校長來了以後規定不到下課，學生不得離開教室，先繳卷的仍然坐在位子上，安靜看書準備下節考試。這個規定實施後，學校又恢復到平日上課時的鴉雀無聲。沒錯，這個規定帶給監考老師許多的不便，但這種不便是值得的。

校長要求嚴格，事事躬親，一點都不含糊的作風下，感受最深的應該是帶班的導師們吧！所以我特別再訪問了一位李姓導師。她說：「沒錯，自從溫校長來了以後，最辛苦、壓力最大的該是導師了，不但上課要更加認真，連下課、午睡、掃地、午餐都要隨時陪學生，和學生打成一片，幾乎全天候的奉獻。不過，工作雖然辛苦，但是內心卻很有成就感，學生變乖了，常規上軌道了，學生管理起來便不會像以前那麼吃力，也不再天天提心吊膽，害怕一不小心學生又出了什麼事，惹了什麼麻煩，因為即使天垮下來，第一個頂起來的便是溫校長。」

在採訪接近尾聲時，校長室忽然走進了三位導護媽媽。蔣媽媽說：

校長！我們三位今天商量好要把你上次吹的『雞龜』（氣球）刺破，所以徹底的走遍學校每一個角落，結果發現真的沒有一塊玻璃破的；沒看到學生躲在角落裡抽煙、賭錢；水龍頭、廁所門都完好無缺；最不可思議的連牆壁、課桌椅沒發現有學生亂塗，校長你是怎麼做到的？你到底變什麼把戲？」

溫校長嘴角只露出一些淺淺的微笑，來不及搭腔。吳媽媽搶著說：

我們三個人要進校長室前，得到一個共同結論，你猜什麼結論？」

溫校長搖搖頭，不知道要怎麼回答。三個導護媽媽異口同聲一個字一個字的喊了出來：

我們三個女人，代表所有的家長，向溫校長說『相見恨晚』。

頓時，校長室笑聲連連，一向不苟言笑的溫校長，這時也發出朗朗笑聲。

原刊於《六堆雜誌》六十七期（一九九八年六月）

同時榮獲師鐸獎、模範公務人員的蕭金榮主任

象徵教育界最高榮譽的八十三年度「師鐸獎」，以及公務人員心目中最榮耀的八十三年度全省「模範公務人員獎」等二項大獎，同時落在六堆的麟洛鄉子弟蕭金榮主任身上。消息傳來，鄉親們都為他高興，為他祝賀。

蕭金榮主任，民國三十八年二月出生於麟洛鄉，現住在屏東市民榮街。目前服務於省立岡山高級農工職校，擔任教務主任行政工作。因為個性溫和沈穩，待人親切誠懇，處事熱心積極，績效卓越，在眾多的競爭者中，脫穎而出，得此殊榮。

蕭主任五十三年畢業於屏東師專，是該校由師範改制為師專的第一屆畢業生，畢業當時，他為了能繼續深造，所以志願分發台北縣，沒想到卻分派在靠近海邊的貢寮附近鄉下的一所國小任教。湊巧師專附小少了一位體育老師，當時附小校長朱劍鳴先生透過師專訓導主任梁昌培先生的推薦，連夜北上，第二天一大早雇了計程車，硬把蕭金榮請回附小。第二年升任為訓導主任，並考上高雄師院夜間部英語系就讀。

高師院畢業後，參加國中教師甄試，榮獲英語科第一名，應聘進入中正國中任教。

三年後，因為教學績效優異，待人處世、工作熱忱皆受同仁推崇，因此被當時的校長呂見達先生拔擢為教務主任。

七十五年呂校長榮調省立旗美高中，蕭主任跟隨呂校長到旗中擔任總務主任，著手綠化校園，增購校地，完成校區的整體規劃，使旗美高中脫胎換骨，成為南臺灣校園公園化的一所省立高中，受到上級長官、地方人士的尊敬。

八十年二月呂校長調任省立岡山農工，蕭主任又追隨來到岡農，初任總務主任。該校歷史悠久，成立於日據時代，因為校地界址不明，校舍古老破舊，所以蕭主任又得日夜規劃，大力整頓，使學校早日成為一所設備新穎的職業學校。

八十一年轉任教務主任，成立教學諮詢委員會，研商改進教學問題並規劃教師進修；推行教務處「品質圈」活動，實施學生榮譽考試及成績預警制度等一連串的「朝陽計劃」，以期使岡山農工的校務蒸蒸日上。

蕭金榮主任父母健在，婚姻生活美滿，夫人王美紅老師任教於屏工。育有一女一子，女兒逸忻今年考上國立台北師院音樂系，兒子翰承就讀於道明中學國中三年級。

原刊於《六堆雜誌》四十五期（一九九四年十月）

寫實世界的邂逅

——陳國展七十回顧展專訪

屏師四十五級陳國展校友應屏東縣文化處的邀請，舉辦陳國展七十回顧展，於民國九十九年四月十日上午十時，假屏東美術館舉行開幕茶會，邀請我出席，並觀賞畫作。

我一踏進一〇一室展覽場，看到整個會場人頭鑽動，冠蓋雲集。國展學長從人群中鑽出來，劈口就說：「老弟請幫幫忙，黃春明現在人在屏東，帶著兒童劇團到八八災區巡迴演出，他急著要和劉天林老師（註）聯絡，請你和夫人趕緊想辦法找到劉老師的電話，二樓有黃春明撕畫展，你們可以抽空去觀賞。」

於是我和內人分別向認識的校友請求協助，所得到的回應不是搖頭，便是兩手一攤。後來發現在母校任教已退休的高業榮校友（四八級）進入會場，終於完成了任務。

趁著茶會還未開始，我和內人爬上二樓參觀黃春明的撕畫展。在入口處，我取得了二張海報式邀請卡，正面得知當晚七點在藝術館，有黃春明所領導的黃大魚兒童劇團演出〈小李子不是大騙子〉；次日早上十點在文化處五樓有大師講座〈悅讀黃春明〉。背面複印不同的撕畫和親筆書寫的童話詩篇，那熟悉的清爽、灑脫的筆跡，又再次令我想起五十多年前和黃春明同窗共硯的往事。……在這春暖花開的四月，兩位國寶級的屏師校友共同把屏東的天空，鼓和得很文化、很藝術，實在令人欽佩不已。

在茶會場上巧遇《屏師校友通訊》執行編輯林小姐，她也被熱鬧的氛圍和精彩的畫作所感動，有意在《屏師校友通訊》刊物上報導出來，提供給眾多未參與盛會或不克前往觀賞畫作的校友們分享，所以請我代筆促成此美事。

茶會後的某個下午，事先和國展兄電話預約在展場見面，並做專訪。陳學長在屏師就讀時，是高我兩屆的學長，常在網場上同場較勁，在屏師附小同事幾年，他平日待人親切，熱心助人，說話幽默沒架子。我過去也曾為某雜誌專訪過他，所以訪問起來，很像老朋友多年不見似的，格外的親切、溫馨。

林：學長！恭喜您，此次畫展辦得有聲有色，熱鬧感人，非常成功。是什麼緣由促成這次的展出？

陳：此次策展，是繼去年底在國立交通大學藝文空間展示的版畫、油畫、水彩再增補足推出的。本來準備展出七十六幅，但因受場地的限制，又不想另闢第二展場，所以只挑選更具有展出主題性——寫實世界的邂逅，及富生活情趣的作品，總計展出十四幅版畫、十九幅油畫及十六幅水彩畫等，共四十九幅。

林：大家都說陳國展的手「巧」，各種美術創作都喜歡嘗試，而且樣樣精通，堪稱多產作家，這和您的成長背景有沒有關聯？

陳：我出生於世界戰亂不安的民國二十六年，童年飽受盟軍轟炸的威脅，戰後經濟蕭條，臺灣百廢待舉。我自己又生長在生活清苦的家庭，家父常告誡我說「心巧不如手巧，凡事都要自己動手做。」記得童年時，家父曾教我利用鉛筆心削下來的細末來畫汽車；利用竹架來做滑翔機；邊玩泥巴、邊捏成各種的器皿。……這種克難創作的觀念，讓我日後受用不盡，對這段苦日子，當時也能甘之若飴。就因為這種因素帶給我豐沛的題材，及對人世批判的依據。這些往日情懷便像泉水般的不停湧出流蕩，使我的創作泉源不虞匱乏，這可以說是比一般人得天獨厚的原因了。

林：名畫家顧重光先生曾說：「您是銅版畫的代名詞」，由此可知您對銅版畫的鍾愛，這是什麼力量促使您甘冒製作銅板時，可能受到硝酸液、松香粉末、油墨氣體及一氧化碳等的傷害，而追求不捨？

陳：銅版畫之美在於他的精緻細膩、素雅簡樸，除了有素描般的典雅力道外，又具繪畫般的親和力。而造成這種特質美感的技法，不外乎是應用刻、蝕、磨、雕；操作時卻常因材質與創作法的不同而有所變化，因而趣味橫生，令人愛之入骨而追求不捨，勇往直前不停的創作。

林：一般人對創作銅版畫的過程都甚感陌生，可否請您簡單介紹一下？

陳：銅版畫大致可分四類：凹版、凸版、平板和孔板。在製作蝕刻銅版畫時，分工很細，需要長時間從思考、製作草稿、切割銅板、打磨銅板，將草稿畫在銅板上、塗抹防腐蝕液，浸入腐蝕液中，反覆取出，再浸入、修改、再製作。通常一幅版面上所呈現的任何不同深淺、粗細、強弱、濃淡……等痕跡，都是經過幾十次不同時間的酸液侵蝕，和不同工具修刻琢磨而成的。銅板製程之後再開始印製，印製也要很長的時間來計較，因此製成一張版畫少則也要兩個星期，多則一個月，所以製作版畫是蠻辛苦的。

林：到目前為止，您的版畫作品大概有多少件？其創作類別大約介紹一下好嗎？

陳：到現在大概有兩百多件作品。我的銅版畫創作類別大約可分為三個部分：

一、符號部分：是由草書筆法蛻變而成的堅硬線條。用各種長條型或塊狀所構成。兼重符號造型與意義的表達，主要在描述、諷喻人生現象和價值觀於形象之符號。例如以橙色為主調，配以少許黃色的「僵局」，是用活鏽銅條片及鐵片焊接成榔檔成串、分崩離析、僵硬中帶著趣味表情的人物：一個醉眼矇矓，一個喋喋不休，顯示人際之間的失和與溝通的困難。

二、民俗部分：這部分大多屬於門神系列。「門神」原是為避邪而做，所以其表現手法著重古樸、逗趣。除了避邪之外，還給住家主人帶來一些輕鬆有趣的財富象徵，因此也可稱為「財神」。

三、生活寫景部分：這部分取材於日常生活中，以常見的事物較為多方涉獵，這時期的作品特色是由抽像走回寫實，用較複雜的銅蝕方法，以三色套印力求表現畫面的完美。例如九五年的〈無奈〉，其意涵在諷喻「澎風水蛙刣無肉」（臺灣諺語）；本世紀初，一隻外表華麗的青蛙，佔據了倒置的金字塔舞臺上，鼓動舌簧蠶食鯨吞純潔的生靈，聒噪不休的唱著狂想曲，舞亂了春風，吹寒了人心志氣，那些受苦的民眾在百般無奈中，幸有文化藤蔓的滋潤，在那綿密蓬勃的層層墊支下，終於展現再生曙光。

林：記得您在七十八年的作品〈出巡〉榮獲全中國民俗畫大獎特別獎，據說什麼都沒拿到，是怎麼回事？作品的特色也請解析一下。

陳：名義上是得了這個獎，很令人高興，只是很遺憾的什麼也沒拿到。因為那時剛好遇到天安門事件，實在不宜出席領獎，所以連獎金人民幣一千元也就泡湯了。

〈出巡〉在創作時，刻意營造出莊嚴肅穆，但又帶些歡樂遊藝的氣氛。畫面中威武而怪誕的七爺八爺所開道的迎神行列熱鬧「出巡」，成群的善男信女夾道迎接默禱、膜拜、自求多福的當兒，畫面正中有一隻受了鞭炮重創的白鴿，正極痛楚無助地掙扎；在左下卻有一群同類，依舊泰然自若的啄食。這種強烈的對比，主要想表達臺灣社會目前的狀況。

林：據我所知除了銅版畫外，油畫也是您的最愛。請問您的油畫創作歷程，是如何開創出來的？

陳：猶記得從讀書時代開始，以一幅不透明水彩畫〈車廂內〉作品獲獎迄今，也有五十多年了。早年承蒙池振周老師啟蒙，後來幸蒙旅法畫家張義雄老師細心、扎實的教導，從此就與藝術創作結了不解之緣。

五十多年前我就開始習作水彩、油畫，水彩是屬於輕描淡寫及其飄逸美妙的一類；而油畫則是渾厚雄偉而致氣勢壯闊。我作畫時，通常喜歡親臨田野郊外做現場描繪，捕捉當時親身的體會與感受，再將這些珍貴奇妙的氣氛感覺留住，再注入自己主觀領悟的看法、技法，盡情舒暢地表現在作品裡。像〈臺北街頭〉作品，天橋上下擁擠的人群、配上滿街的汽車，充分表現出臺北市的人潮、車潮，人不用上臺北街頭，只要看了這幅作品，相信你會如同身歷其境了。

林：近年來我發現您的油畫由田園、街景，逐漸轉向鄉村、黃牛、古厝、名勝的繪畫創作上，有沒有特別的原因？

陳：我從小生長在農村，喜愛鄉村，而牛是農村的象徵。加上我家有四個人是屬牛的，所以對牛有一份特別的眷戀，每次一看到牛群，內心就心生好感、親切，很自然地就會提起畫筆，想畫個痛快。例如：二〇〇七年的〈海邊牛群〉這幅作品，是應邀出席屏東半島藝術季駐站畫家時，看到恆春畜牧所所畜養的許多各國高品種種牛，在牧場、在牛棚，牛群棲息時姿態萬千，風情萬種，或臥或仰都是我最愛畫的題材。

至於古厝、名勝，這些和我的一把年紀有關。所謂「夕陽無限好，只是近黃昏。」所以對往後的日子，我非常的珍惜，趁著手腳還很硬朗的時候，只要一有機會便帶著畫具，出去走走看看，面對值得珍惜的古厝、古蹟、名勝景點，在同理心的促使下，只要看了有感動，就有一股想藉由繪畫賦予永恆的生命，留給後人瞻仰。例如二〇一〇年的〈今井古厝〉當發現整排古厝聚落旁，竟有一口新井供人汲水，極具古意、也有新意。但因人口外移，村落失修，引發思古之幽情，平添少許淒涼感受。於是拿出畫筆，以暗藍做天空背景，土黃做主調，得以增添一些寞意和無奈。

林：早期的師範生幾乎出生在貧苦家庭，若想學畫，大多都從省錢的水彩、國畫開始，您是否也是如此？

陳：我也是如此。讀屏師時，很幸運地池振周老師教我們美術，打下很好的素描基礎後，便經常背著畫板到處作水彩寫生，同時也向徐谷庵老師學習國畫。後來接受旅法名畫家張義雄老師指導水彩、油畫之餘，興趣觸角開始伸向版畫、設計方面去了。民國六十二年廖修平教授回國講學，把國外研究多年的現代版畫藝術、技法、觀念和新表現傳播於大學，成立版畫工作室於各地。當時我正熱愛銅版畫，第一個響應，在屏東建立了自己的版畫工作室，也承蒙廖教授的厚愛，數度南下傾囊相授。因此，作畫的重心，變由水彩、油畫，很自然地轉向銅版畫。

林：喔！難怪，此次回顧展畫冊所選印的作品，在二十五幅水彩作品中，幾乎都是近十年的新作。不過很令人驚艷的是，您的水彩進步神速，幾乎達到爐火純青的境界。例如，同樣畫〈大尖山〉，水彩比油彩更令人激賞。在水彩展品中，我個人特別喜愛栩栩如生的〈福華泳池〉，和相依相偎的〈夫妻樹〉，可否解析一下？

陳：〈福華泳池〉是參與屏東半島藝術季駐地在福華大飯店時，在泳池裡仰望天空的藍、樓房的黃、對上池水的碧綠，真是沁心涼身，全身舒暢，如置身仙境，除了感激上天的恩寵外，實在別無他想了。

〈夫妻樹〉是二〇〇七年我和內人懷抱雄心壯志，背著登玉山重裝備，到麓林山莊後，聽從導遊勸說知難而退，攻頂未遂，黯然下山，徘徊去塔塔加高地山路時，突然發現這兩株造型古拙、相依相偎的夫妻樹，甚為振奮，於是速寫好幾張，這真是感動之下的難得好作品。

林：平溪放〈天燈〉的作品，暗底與燈光的對比，效果奇佳，您是怎麼做到的？

陳：在平溪的元宵節，是年度大節慶的日子，各地慕名而來的燈客，在夜幕低垂時，聚集在大街小巷、庄頭庄尾，祈求上天保佑，一個燈一個心願，點燃天燈讓它明光照耀大地，除垢去弊，風調雨順，國泰民安，有情人終成眷屬。作畫時，準備畫燈籠的部分先用鉛筆勾勒留白，以白膠保護燈籠，再將夜空一氣呵成塗料，然後修飾人物、燈光。如果是用壓克力或不透明顏料，畫筆可先沾洗碗精，便可洗淨。

林：夫人、孩子們的近況可否報告一下，讓校友們分享府上的美滿、幸福？請問有沒有孩子接續您的衣缽？

陳：內人李玉鳳老師從建國國小退休已經二十一年，每天除了料理家事、拈花惹草（園藝）、打點我的工作室外，清晨還回母校指導晨友們舞劍、打太極拳健身。老大藝杰從西德漢堡學成回來後，任職於長榮航運公司，目前負責美國分公司。老二軍杰獲得美國伊利諾大學航空工程博士學位，目前在不丹國立大學工學院擔任教職。女兒陳瑩畢業於文化大學藝術系，目前也像我一樣從事藝術創作。其夫婿黃志彬博士，目前在交通大學擔任頂尖策畫室執行長，有三個孩子，最大的已經大三了。

林：您從事美術教育工作五十多年，教過各級學校不同年齡層的成人、青少年及兒童。以藝術工作者的前輩立場，對於有志於藝術創作的後進，相信有些勛勉的話吧？

陳：我認為有志於藝術創作者，要像一塊海綿一樣，除了多讀書、常觀摩、勤研習外，還要行萬里路，常到國外走走看看，如此才能培養出宏達、敏銳、包容、創新的氣度，對作品的意境，才會有預想不到的效果。藝術創作不僅要去尋覓題材，更重要的要能發現「素材」；因為有「發現」，才有真正的創作，才能走出屬於自己的創作天地。

參訪過後，踏出美術館，心中想起有位大畫家的一段話：「藝術就是人生，是人類須臾不能或缺的。藝術在敘述它的主題的同時，也在展露作者本身。所以藝術的修養，就是人的修養；人真畫亦真，人厚畫亦厚。」這段話正好恰如其分的形容了陳國展老師。尤其最後一句「人真畫亦真，人厚畫亦厚。」更是道盡了陳老師個性的誠真與畫風的厚實。

註：黃春明讀師範時，先後被北師、南師退學，幸虧屏師張效良校長收容、關照他，是第一個貴人。劉天林老師開導、鼓勵、肯定他，是第二個貴人。學生日後有成就時，當然盼望貴人能同臺分享他的榮耀，並當眾感恩致謝。

原刊於《屏師校友通訊》一三三期（二〇一〇年十一月）

三　教育文粹

論〈魚〉的時代背景

——兼談黃春明其人其事

國中國文課本第三冊第十九、二十課的課文，是選自現代小說家黃春明的《兒子的大玩偶》一書中的短篇小說〈魚〉。當教材進度上到這課時，有許多教二年級的國文老師，聽說我和春明在屏東師範讀書時，不但是同學，而且還是好朋友，所以跑來問我，黃春明是怎麼樣的一個人。更妙的是有一個同學拿了一份評論這篇小說〈魚〉的剪報，和一本批評〈魚〉文的家庭自修書，問我到底〈魚〉文有沒有被選為國文教材的價值？它的時代背景究竟如何？不然，為甚麼剪報中說〈魚〉文中的文句、對話、意境一無可取，甚至於可說是不倫不類。老師講到這篇文章時，乾脆不講解，找學生起來讀一遍了事。自修書上也分析說，這篇是最蹩腳，最造作的文章，也是最壞的小說，而且還建議編譯館刪去這篇小說作為國文教材。

〈魚〉這篇文章，是不是真的像剪報上所說的「文句、對話、意境一無可取，甚至於可說是不倫不類」呢？我想並不盡然，只要讀者稍稍了解〈魚〉的時代背景，明白黃春明筆下所發掘出來的「無告的一群」，在一種「無可奈何」的情緒下，在那種時代裡從事某種程度的掙扎和奮鬥時，便能在〈魚〉的作品中，嗅出這些平凡人物，平凡故事的不平凡，便會覺得這些角色的偉大和不可侵犯的人性尊嚴。

例如作品一開始，就如此生動的描寫：

> 開始時，他曾把右腿跨過三角架來騎，但是總覺得他不應該再這樣騎車子。他想他已經不小了。
>
> 阿蒼騎在大車上，屁股不得不左右滑上滑下。
>
> 包在野芋葉裡的熟鰹仔，掛在車把上，跟著車身搖晃得相當厲害。
>
> 他想一見到祖父，他將把魚提得高高地說：「怎麼樣？我的記憶不壞吧？我帶一條魚回來了！」
>
> ……

這在現年四十歲左右的臺省同胞來說，是一副多麼親切、感人，又活生生的過去生活的寫照。記得我小時候，正是臺灣光復前後，那時候在鄉下，尤其是像阿蒼家靠山區的鄉下，抽煙、喝酒是配給的，飯裡見不到米粒，幾乎都是「地瓜籤」（把整條地瓜削成絲曬乾，便於儲藏），菜裡一年見不到一條魚。那時候大家生活很苦，根本看不到汽車和摩托車，那一個家裡如果有一輛腳踏車，即使又破又舊，也是一件值得向人炫耀的大事。〈魚〉這篇小說，就是在這種時代背景中醞釀而成的。

以前鄉下孩子國校畢業，若要讀中學，必須先學會騎腳踏車，才能到城裡念書。因此在讀國小時，便要學騎車。那時候學騎車，沒有小車子，也沒有大人扶著學。當時只有二十八英吋的大車子（後來慢慢才有二十六英吋），大人也沒有閒工夫跟在車後跑，小孩子自己從「右腳跨過三角架」學起，等到操縱自如以後，再往車墊上坐。所以，那種滑稽的樣子，就如同作者描繪的「屁股便左右滑上滑下」。至於「用芋葉包魚」，是那時候缺乏紙張，沒有「ＰＶ塑膠袋」時代的生活特徵。像這種生動、親切的描寫，在全篇作品中，隨處可見。

說到「對話」、「意境」，可以說是〈魚〉文的特色。這篇小說的人物，上場的只有兩個：一個是阿蒼，一個是阿蒼的祖父。他們兩個人都是平凡得近乎「卑微」的人物。故事也很平凡。文中寫祖父渴望著吃魚，阿蒼好不容易帶了一條鰹仔魚回來。不幸在路上掉了，引起了一場誤會。由這個誤會，描繪出平凡人物的不平凡的人性尊嚴，也襯托出祖孫之間的親情。

故事的發展，幾乎都是由「對話」來帶動的。每一句對話，只要讀者設身處地的想一想那一段日本鬼子壓榨下，和「炮火洗禮下」臺灣鄉下的苦日子，便不難了解作品中每一句對話的平實和有力。

那時候的黃春明還不滿十歲，他和他的家人一樣，沒有真正擁有過甚麼心愛的東西，但是他卻執意地追求一份屬於內心誠摯的靈魂。那一段貧乏、動盪的日子，給了他成熟茁壯後一股不肯屈服、不肯妥協的意志。而這種內心迴蕩的情感，便鎔鑄成強烈的文字表現，延續著他的作品生命，如觸鬚般地滲入下層社會的每一個角落，忠實地扮演著篤守自己信念和生活態度的角色。

〈魚〉就是在這種意念下寫成的。他想藉著〈魚〉的故事，來揭露給讀者一份原始慾望的呼喚。正如他在《莎喲娜拉，再見》一書序文中所說的「我想我是寫小說的，有很多事情我常常想拿小說來解決。至於能不能辦到，那是另一回事。這很像神父或牧師，遇到別人或自己有困難時，通常都是禱告。」一樣的誠摯。這種面對著惡劣命運、環境、造化，想盡全力掙扎、解脫，但又無可奈何，只得化為文字，作無告的呼喚。這種情緒的描繪，在〈魚〉的最末一段，表現得最為淋漓盡致。

老人一手握著扁擔，一手搭在竹子上，喘著氣大聲地叫：「你不要再踏進門。我一棒就打死你！」

阿蒼馬上嘶著嗓門接著喊了過來：「我真的買魚回來了。」

傍晚，山間很靜。這時，老人和小孩瞬間裡都怔了一怔。因為他們同時很清楚地聽到山谷那邊的回音說：「真的買魚回來了。」

一般說來，小說的情節、故事通常都是虛構的，但是有不少小說中的主人翁，卻是作者本身的寫照。如果以我過去和黃春明的交情和了解，我敢斷言，〈魚〉文中的阿蒼，就是小時候的黃春明，是那個時代許多小孩子可能表現得出的個性。至於阿蒼的祖父，以及〈魚〉文中的情節，也是那個時代俯拾即是的人物和故事。

綜觀黃春明的其他小說作品，在他筆下的人物，大多數也像〈魚〉文中的阿蒼一樣。《書評書目》第八期何欣先生在〈論黃春明的小說人物〉中說：「自然地生長在草木叢生的曠原中，他們的生長並不順利，自然指狂風暴雨、乾旱水澇、巨石沙礫置於他們的路上，妨礙著他們長得枝葉茂盛，軀幹粗大。他們又無力抗拒這些巨大的壓力，故而選擇了那些適於他們生長的方式，以求發展，求生存，求表現。」所以，讀者若能從這個角度、觀點來看〈魚〉，就不難領悟到它的價值了。

原刊於《國語日報》（一九七八年三月）

作文真的難改嗎？

——兼談我的作文批改理念

拜讀《國語日報》民國八十四年九月二十一日「語文教育」，黃長安老師的〈作文難改〉大作以後，內心就有一股怎麼會難改的疑問在翻滾。接著又有一股野人獻曝，提筆為文的衝動，想和擔任作文教學的同仁一起切磋批改經驗。

幾十年來從事作文教學，我始終抱定一個理念：寧可在學生提筆寫作前，多費心，多費口舌的詳講，卻不願意在學生作文後，抱著一大堆的作文簿難熬。

俗語說：「巧婦難為無米之炊。」上作文課，學生就是「巧婦」（其實又有幾個稱得上「巧」字），做「婆婆」的老師，做「家人」的同學，是不是有責任多提供一些材料，讓「巧婦」做出一桌色香味俱全的菜色？這時候，負責品嘗的老師，相信可達到「雖不滿意，但可接受」的程度；學生在交換「品賞」時，也會個個眼睛發亮。

筆者擔任教育輔導團國文科輔導員多年，到各地參觀過不少的作文教學。一般的老師大都採用「輕教重改」方式，才會有如黃老師「作文難改」的感歎。我一直覺得：作文如果要好改，必須具備許多條件。諸如內容充實、文意切題、文句流暢、層次井然、字體端正、標點清晰。假使能文辭優美、筆調生動、情感真摯感人，再加上富有創意的話，那麼老師改起來，一定是賞心悅目，心曠神怡。

想要學生的作文達到好改的條件，唯一的方法，是在學生動筆寫作之前，要好好的作些思路引導的工作，導正寫作方向，提供與題目有關的材料、意見，讓黑板上落英繽紛，琳瑯滿目。如此可使學生作文在內容上充實，左右逢源，取之不盡，想營養不良也難。在文意的切題方面，師生可以共同討論層次怎樣安排，哪些材料值得應用在作文裡，哪些材料卻不宜，必須割愛。

至於要使學生文句流暢、文辭優美、筆調生動的竅門，除了平日訓練學生多誦讀背吟好文章外，作文課可以利用黑板上現有的「半成品」。正面的造句、組合成流暢的句子或較完整的小短文，讓程度較差的學生模仿參考；反面的可以舉出學生常犯的語病，或可能出錯的句子組合，使學生有所警惕。

經過以上的「詳講」之後，相信學生大多數已經躍躍欲試，內心充滿了寫作衝動，對眼前的新作文題材，也必定充滿了信心與期待。相信只要老師的一個「開始寫」的口令下達，個個都是可用之「兵」，可造之材。這時候，老師再以感性的口吻提醒同學字體要寫端正，標點要小心使用，「好改的作文」就「此時」可待了。

作文教學在指導上除了「詳講」，上課的方式也要多樣化。多樣化的最大功能，在提高學生的作文興趣。學生對作文一旦發生興趣，信心就因而產生。學生對作文充滿信心下，作文哪有寫不好的道理？

老師想作文要多樣化，就要常常動腦筋出點子。例如利用視聽媒體寫〈看影片寫作文〉。參觀水廠之後寫〈飲水思源〉。實地烤肉之後寫〈烤肉記〉。夏天請全班吃冰，邊吃邊寫〈吃冰記〉。或許來個主客易位，讓學生充當記者，來挖「老師的祕密」等等。這些都是很讓學生興奮好久的作文教學方式。在這樣多變化的教學設計策略下，學生的作文哪會不進步？只要學生作文有進步，老師改起作文也就不難過了。

黃老師在文中提到：「作文經過仔細增刪，變得面目全非，失去稚嫩原味，也帶給學生挫折感；後來我儘量不去動作品架構，只稍加修潤，就輕鬆許多。」黃老師的蛻變是正確的，也是師生皆大歡喜的作文批改方式。打分數也不可以太嚴苛，適度的放寬也是促使學生對作文產生興趣和信心的策略之一。

批閱作文要不覺得頭大傷神，也是一門大學問。以我多年來批閱作文的經驗，我覺得把作文簿通通抱回家，在夜闌人靜時，犧牲睡眠熬夜改上幾小時，這是既傷神又痛苦的事。現在學生寫作文已經不使用毛筆，老師批閱時也就可以使用紅色簽字筆，這比以前方便許多，隨時隨地都可以改。

通常學生寫作，在行間個別指導，或替學生「接龍」（學生思路斷了），我會帶著紅筆，邊輔導邊批閱一部分。動作快、先寫完的，我會請他們到身邊來隨堂批改完畢。剩下的作文簿，以時限內可能改完的分量，分別放在教室、辦公室和家裡，利用下課、沒課、空檔、看電視新聞等零碎時間，輕輕鬆鬆的分幾次、幾本、幾天批閱完成。在這既沒有負擔、壓力下，又可以讓自己零碎的空白時間填補上「勤奮」，內心不僅覺得充實，也可以做為學生潛移默化的榜樣。所以多年來，在作文的批閱上，我一直不覺得有什麼「難改」。

原刊於《國語日報》「國語文教育」（一九九五年十一月九日）

國中生作文考試的通病在哪兒

高中入學作文考試，是每個人求學生涯的第一次經驗，考生臨場難免緊張失措，根據多年評閱作文試卷的經驗，我發現國中學生的作文，有許多共同的缺點，提供給老師、家長、同學作為參考改進的方向。

一 題目認識不清

一般同學作答完一般試題之後，就猛抓著作文題目開始拼了。通常都忘了要看清楚題目，想明白題意，然後再根據題目大意，草擬綱要，想好腹稿，按部就班地寫下去。所以有不少的同學題內話寫得不多，反而題外話卻寫得很多，徒增評卷老師的厭惡，像此類試卷怎能得高分。例如：作文題目〈及時雨〉，本意是指氣候乾旱缺水時下的雨，也比喻能救人急難的人。可是有很多同學一直在「水庫洩洪」、「土石流」、「市區淹水」、「上下學不方便」等問題上打轉，卻不肯多在及時雨對農作物，人際關係的好處上下功夫，洋洋灑灑寫出來的，都是文不對題的內容，這怎能怪評分老師太不給面子，打這麼低的分數。

二　不曉得把握主旨、抒寫啟示

一篇作文的精髓、價值，在於主題明確，和啟示得體。如果考生能把握主旨，抒發啟示，則作文的成績，就不會差到哪兒去。可惜多數同學不肯用心把握、推敲，因此很難得高分。例如：作文題目〈螢〉，大多數同學都喜歡在釋螢、捉螢、螢火、螢光燈、借螢光苦讀等方面打滾，卻捨不得給小小的「螢」一些讚頌……螢光雖然微弱，但是還能盡量照亮黑暗。然後再給自己一個啟示……一個人在宇宙間，力量雖然微小，生命雖然短暫，但是要效法螢的精神，去衝破黑暗，光大人生，貢獻社會，以期名揚千古，流芳百世。

三　段落層次不明

閱卷先生一天閱卷，少則兩三百份，多則五六百份，整天埋首在這樣多的作文卷中，任何人也會覺得眼花撩亂，產生厭倦的情緒。如果再遇到段落不分，層次欠明，一口氣寫下來的洋洋大作，心中自然不舒服。假使這類作文又沒有較佳的創意，或是流暢的文筆吸引閱卷先生，那麼就難逃「低分」的命運。

四　字體潦草，滿紙塗鴨

作文試卷的字體清秀，書寫端正，保持試卷乾淨的是有；但是字體潦草，書寫馬虎，滿紙塗鴨的也很多，這無疑是告訴閱卷先生，我做事馬虎，敷衍了事，也就是不想得高分，所以這類學生實在很傻。

五　愛用自己不甚了解、別人不易懂的文句和語詞

標新立異、愛出風頭，是時下青少年的通病，不足為奇；但是在作文時，卻要儘量避免，以免造成反效果。例如：「老師臉上高興的笑容，正與我臉上不知從何冒出的三條直線形成強烈的對比。」「三條直線」不知何意？閱卷當時，我一頭霧水。後來，私底下問了幾個年輕朋友，才知道作者受了卡通「櫻桃小丸子」的影響，用「三條直線」表示「尷尬」的意思。又例如：有位同學這樣寫著：「歷年來髒和亂，正是產生許多問題的病根。所以知此是病，便不如此做，而修正，便是良藥……」初閱時，不知其文意，後來研讀再三，才懂得它的含意。如果改寫成「歷年來髒和亂，是造成許多社會問題的病根。所以知道病根以後，不再製造髒亂，並且清除它，那麼社會問題就會減少了。」不是更清楚明白嗎？又如「使臺灣成為真有其實的寶島」一句，「真有其實」是

名副其實的誤用。

六　不重視錯別字

認字識詞不深刻，錯別字屢見不鮮，是目前國中生最大的通病。這是必須特別要注意的，否則扣起分數來，是吃虧滿大的。

其他還有共同的缺點，也要檢討改進。諸如：標點符號使用錯誤，作文點題不夠生動，結語不夠有力，引用名人語錄牛頭不對馬嘴，高帽字、口號滿天飛，再加上不懂善用考試的每一分鐘充實內容，而讓閱卷先生有內容貧乏的感覺等等，都是會影響閱卷先生下筆打分數時，那一剎那的念頭和潛意識。

綜觀以上個人閱卷時的感受，我們就不難發現到一個國中應屆畢業生，想要在升學高中作文考試中，學到要如何爭取高分的「撇步」了。所謂「運用之妙，存乎一心」，但願有志於在學測加考作文的挑戰裡欲出類拔萃的同學，能好自為之。

原刊於《國語日報》「國中語文指導」（一九七五年七月六日）

一本創新課本的誕生

九十二年全新改版的翰林第一冊國中國文，力邀高中國文主編宋裕老師，再度出馬主持編務，邀集一群最專業、最富教學經驗的作家、學者、國高中國文老師，共同策劃、編寫、審定。本著同是站在教學第一線衝刺的心情，全心全力編寫出「給師生方便、好用、喜樂」的課本。我們這一群編寫委員，坐擁在上萬冊相關書籍的工作坊中，日日夜夜同心協力的編寫下，一本富有創意、漂亮、好用的創新課本，終於誕生了。

這本課本之所以稱為「創新」，是有別於其他版本。因為在七位編寫委員中，有四位是國中老師，筆者為其中一員，打從有國中開始，便致力投入國中國文科的教學，從事教材教法的研究和開發，並長期擔任國文科輔導員，經常應邀到臺灣省中等教師研習會、各縣市國文科教師研習會上作演示教學昀講授工作。從這些工作經驗中，筆者清楚的了解眾多國文老師的心聲和需求，他們心目中最理想的課本、教師手冊，以及其他周邊的配套用書、教具等。在編審的過程中，筆者全程的參與，堅持要多為在第一線衝鋒陷陣的老師們設想，更要照顧到廣大的學生群。所以編印出來的課本，有別於以學者教授為導向的版本，更擁有許多其他版本所沒有的創意。

創新課本的特色介紹：

一 創意

創意是一本書的生命，富有創意的書，才能顯現出無窮的價值。

精品課文

選文是課本的靈魂，課文選得好，課本就已經成功了一半。經問卷調查，大多數老師的看法：「為了保留舊課的精華，以及求新求變的教改工程，認為新舊課文各半為創新課本的最佳選文原則。」

兩年多前，宋裕主編曾以「您最喜愛的課文」，向全省各國中師生作抽樣問卷調查，每冊選出十課，再由四位國中的編寫老師票選，最後商議決定保留楊喚的〈夏夜〉、王之渙等的〈絕句選〉、宋晶宜的〈雅量〉、胡適的〈母親的教誨〉、論為學的〈論語選〉，以及沈復的〈兒時記趣〉等六課，作為基礎課文。再以基礎課文的內容、性質、體裁、寫作手法等相關屬性，作單元統整的規劃，向外找尋最適當的搭配新課。

例如挑選劉墉的〈做硯學做人〉，搭配〈雅量〉，讓初上國中的學子作「生活體驗」；從「聯經」出版的十本〈極短篇小說〉中，找到張春榮教授描寫人間處處有溫情的〈接力〉，搭配〈母親的教誨〉，成了「有情天地」的單元。從〈選修國文〉課本中，挑選王溢嘉的〈音樂家與職籃巨星〉，和〈論語選〉配成「為學勵志」單元；另外挑選蔡昭明的〈地瓜的聯想〉，搭配吳念真在電視上播報時，很受歡迎的〈臺灣念真情〉系列中的一篇〈拈花惹草招蜂引蝶——美濃養蝶人〉，成為新鮮道地的「鄉土之愛」單元。我們從蕭蕭的〈稻香路〉書中，記敘童年夜讀祖母陪伴的溫馨作品。〈憨孫吔好去睏啊！〉，搭配〈兒時記趣〉，作不同層面的「童年往事」單元。

檢視以上六篇新課，讀者也許會發現這些作家的作品，都很現代、很文學、很感性的貼近年輕朋友的生活、思想，讀起來必然是親切有味。新舊課文合起來，共有十二篇精品課文，供七年級生一學期研讀，應該是足夠了。可是有些學校很重視國語文教育，在彈性課程時程中加排了國文時數。因此，我們特別設計一課選讀〈晏子使楚〉。如果一課不夠，學校老師可再斟酌自編一、二課的鄉土文學教材，發展學校及地方的特性。

版面典雅

過去國編課本，幾乎沒有半張實圖，都是用畫的。每張插畫看起來不真、不實、也不怎麼美，連學生崇拜的現代作家，想看個廬山真面目——照片，也不可得。現在改為民間後，學生們可有眼福了。創新版的國文課本編印原則是，有實圖的一律用實圖而且還要用電腦處理得盡善盡美。例如〈絕句選〉的鸛雀樓、黃鶴樓、寒山寺、鐘樓，以及楓橋的照片，印刷得相當美，是其他版本無法匹比的。沒實圖可用的，在繪製時也力求真善美。整本的版面，都經過匠心設計；每一課一攤開來，都是完整的對頁，看起來舒服、亮麗，又覺得非常實用。例如：課文題目、學習重點、課前預習、題解作者、課文人物簡介等，都在一個對頁完成；課文、注釋、問題討論、應用練習，及課外學習指引等，都設計安排成單數課成偶數頁、偶數課成奇數頁，讓六個單元頁都安排在單數頁。因此，我們沒有其他版本的「冗頁」煩惱；也因為我們有上萬冊的相關書籍、畫冊、資料，可資應用，所以，很多老師看過後都說：「整冊課本找不到難看的『空白』」。

內容精緻

初版經過一年的洗禮，全新改版翰林版國中國文教科書，以精益求精的精神，創造自家獨特的風格。除了更精挑細選課文，美化版面外，課本內容更要下工夫，編寫出精緻、適合學生研讀的課本。

在研習會上，有一位資深的國文老師，很有心的拿出現在正使用的康軒、南一版本，和正在送審中的創新版本對照，在內容上到底有什麼差別，找出三本都有的課文

〈絕句選〉第二首〈黃鶴樓送孟浩然之廣陵〉來比較。課間休息時，他拿著書來和我討論說：「同樣是題解（南一版稱『課文導讀』），南一版只有一行字，是沿用國編本的，還刪去了很有必要的題目解釋，康軒版題解太瑣碎，可把鳥名、地名、注解等放入課文注釋較好；創新版用三行字寫來循規蹈矩，頗中肯簡明。作者欄三家都沿用國編本的，沒多大差別，只是有一點疑惑，國編和康軒——李白後遷居西蜀綿州昌隆縣（今四川省彰明縣）青蓮鄉；南一版改彰明縣為『江迪縣』；創新本卻寫為『江迪市』。到底誰是正確的？」我回答說：「從前是彰明縣，後來改名為江迪縣，現今已經是江迪市了。」

上課時間快到了，這位老師急著說：「從前教這首七言絕句時，我常搬來中國大地圖來說明黃鶴樓、揚州、長江的方位，來解釋『西辭黃鶴樓』、『三月下揚州』的道理。可是地圖太大了，不好懸掛，地名字又小，學生根本看不到，所以只能講個大概。因此，大多數的學生對於方位仍然很模糊。感謝翰林的編輯群，特別在絕句下畫出簡圖，幫師生解決了一個大難題，這是其他版本連想都沒想到的。」

二　漂亮

過去的課本較樸素，樸素得令人看了覺得單調乏味。畢竟時代進步了，教科書也該稍稍跟上時代才行。趁著國文科課本由民間編印的機會，標亮的課本就像百花齊放似的，令人目不暇給，特別是創新本每頁的版面，都是經藝術化的設計和處理。例如：每一課的主題圖案照片，都是匠心獨運；課文的字體變化，都有獨特的安排；有時為了找尋幾張特殊照片，幾乎跑遍了大臺北市區書店、唱片行，像喬丹的灌籃鏡頭、披頭四的唱片圖照等。編輯群的心中，始終堅持一個信念：「要給學校師生最漂亮的課本。」

三　好用

一本課本外表漂亮還不夠，實際教學時，要處處覺得好用，時時覺得喜樂，才是最實在。我們有信心，一旦擁有翰林的創新國文課本，您便一同擁有下列的感受，並與您常相左右。

一、老師一本在手，喜樂無窮，因為教學上的一切問題，都已經為您設想周到，不勞您費心、掛心、憂煩。

二、學生拿起課本，滿心歡喜，因為課本的編寫，處處為學生的學習設想，不為難、不苛求，有廣度，也更有深度。每個細節都會覺得貼心、窩心、喜樂。

三、師生上起課來，一切學習過程生動有趣，而且收穫滿心懷。課前預習、問題討論、應用練習等，都為學生的程度、興趣量身訂作，就像合身、漂亮、舒適的衣服，穿在身上，是那麼的爽心悅目，那麼的自信煥發，天天以愉悅的心情，面對充滿希望的燦爛人生。邀請您一同來感受與體驗！

原刊於《翰林國中國文教學專刊》創刊號（二〇〇三年三月）

四　屏師情緣

同窗三載再續情緣

——四七級畢業五十週年同學會記實

「人生也許有兩個五十年，但是同學會想要有兩個五十週年，那絕對是不可能的事。親愛的同學們！您想知道五十年前畢業的同窗同學現在成長什麼樣了？是否還健康硬朗？您想知道五十年前山高水長的木瓜園，景物是否依然如舊？……一切的一切，多麼令人懷念。誠懇的向您報告：這心中的渴望，即將如願了。我們謹訂於民國九十七年十一月四日（星期二）於母校民生校區舉辦屏師四七級畢業五十週年同學會，竭誠歡迎各位親愛的同學踴躍回母校參加畢生難逢的盛會。」

這是四七級同學會很感性的邀請函，也許是這個動人的訴求，激勵了許多從不參加同學會的同學也來參與，像小說家黃春明，還帶著夫人一起來。甚至於遠在美國的施季杏、加拿大的余麗珍，也趕回母校參與盛會。

說到同學會的召開，也是好事多磨。年前，同學相遇，多少都會談起明年畢業五十年了，該好好的慶祝一下；年初，同學們見面，總是會問起何時召開同學會？希望有同學出來登高一呼，籌備主持。五月、六月都將過去了，仍然「只聞樓梯響，不見人下來」。四七甲同學等不及了，率先在六月三十日在高雄市舉辦班級同學會。快放暑假了，丙班導師余兆敏老師眼看事情不妙，只得出面敦請他班上的蔡森煌校長趕緊出來籌備召集。

蔡森煌是第一屆傑出校友、屏教大校務發展基金會董事，經常和母校有接觸，也曾在八十四年籌辦過同學會，由他出面召集，是最適當的人選。九月二日，他邀請了何精隆（乙）、鄞淑端、何麗珍（丁）、周月蔭（戊）和我（甲），在鳳山召開第一次籌備會。為了避開炎熱的暑假、母校校慶及周休二日的擁擠交通，會中決定十一月四日舉行，並補請許朝前（丙）為籌備會委員，同時展開各項籌備事宜。諸如：建立班級同學名冊、寄發同學、老師邀請函、接洽相館、餐廳、會場、工作人員，以及印製通訊錄、選購伴手禮盒等。……工作之多，事情之繁瑣，讓大家忙得不亦悅乎。

歡聚的日子終於到了。一大早，校務發展組的同仁已經妥善的安排好報到處，五育樓玄關的跑馬燈，不停地跑出「歡迎四七級校友返校參加畢業五十週年同學會」。余兆敏、陳道南老師親切的招呼同學，同學乍見，似曾相識，卻又叫不出名字，看了名牌才恍然大悟，當時那種興奮之情，真是無法言喻。報到後，人手一袋印有「國立屏東教育大學」的漂亮袋子，裡頭裝有「記得當時年紀小」的入學資料、四七級同學通訊錄、伴手香腸禮盒、會議資料、劉慶中校長送的礦泉水，以及余老師送的伸縮抓背器等，並裝了一袋滿滿的溫情。

九點半，大伙兒聚集在寬敞的國際會議廳召開同學會。會中最令同學驚艷的是屏師生活剪影，在悠揚音樂的伴奏下，螢幕陸陸續續出現各班畢業團體照、生活活動照片，每個人的眼睛瞪得大大的，想捕捉自己或好友當年的青春身影。每當有收穫時，都會驚呼雀躍不已。更值得一提的是在「回顧與分享」時，丙班張平沼同學上臺報告說：他曾在司法、商業界服務，屏師「三動」教育影響他最深。以前當法官時，法院有一臺鋼琴，全院只有他能享受美妙的琴韻，很讓同事們欽羨。其他如書法、畫畫，也常在同事面前露一手。如今玩出了興趣，收藏書畫、古董等藝術品，也成了做生意以外另一種嗜好。後來進入商業界，能衝到今天的局面，全要歸功於母校當年跑萬丹、越野四十四華里賽跑的精神感召。對屏師的感念和同學的情緣，從來不敢或忘。他一再叮嚀秘書，只要是屏師的師長或同學的電話，都由他來接，不在時一定要留下電話。有一次，和員工去九寨溝旅遊，途中有人大聲喊「張平沼」。心想：「誰這麼大膽，敢連名帶姓叫我？」走近問他是何許人也，對方居然回嗆說：「我們是屏師四七級同學，等你想到我的名字時，再跟你講話。」沿路，腦袋都快想爆了，還是想不起來，最後被他想出來了，是甲班很會彈鋼琴的「曾次朗」。……他越說越覺得母校的好、同學的情濃。臨下臺時說：「蔡森煌建議我代表與會的同學捐十萬元給母校，我現在覺得太寒酸了，乾脆後面多加個『〇』，湊成一百萬好不好？」頓時，臺下響起熱烈的掌聲。

十一點，大伙兒又回到五育樓大門台階合照，期盼留下美麗的回憶。接著參觀校史室暨張前校長效良圖書資料，大家對老校長鉅細靡遺的蒐集資料，為歷史留下見證的精神，內心著實感佩。

接近午時了，大家便移步往瑞光路「紅館」餐廳用餐。一邊用餐，一邊繼續「回顧與分享」，因為時間充裕，氣氛和諧，所以老師、同學都暢所欲言，痛快敘舊。其中黃春明的那段往事最令人感動。他說：「讀師範時，年少任性，愛打架鬧事，所以從北部讀到臺南，臺南師範也把我踢出校門，幸虧好心的張校長收容我。」有一次又打架了，被叫到校長室，校長慈祥地問他：「在哪兒打？」「司令臺後面。」「還好，沒在臺上打。」「春明，屏東的南面是什麼地方？」「巴士海峽。」「地理常識還不賴嘛，再打架可沒學校讀了。」那年寒假他沒回宜蘭過年，被校長知道了。大年除夕夜，很禮遇的請他到校長公館圍爐，全家人都把他當成家人看待。那晚，他的枕頭，似乎多了些不該有的濕漉。

「天下沒有不散的筵席」，散席前，十×十二吋的大合照，分別送到同學的手上，大家看到自己俊俏、美麗的倩影，都露出滿意的笑容。離開紅館後，各班分別進行聯誼活動。甲班結伴到舊的木瓜園校區，尋覓昔日的足跡；乙班到萬巒鄉的「安巒山莊」續住一天，以便敘舊到天明；丙班大伙兒相偕到余老師家向老師及師母請安問候；丁班到大鵬灣繼續同學會的行程，晚上住在東港鄞淑端妹妹開的旅館，聊天到午夜兩點；戊班似乎意猶未盡，一群人移師到咖啡館再續情緣。

原刊於《屏師校友通訊》一二九期（二〇〇九年四月）

憶當年與黃春明同在一起的日子

拜讀《屏師校友通訊》第一三〇期四九級張仁傑校友的大作〈如果遇到黃春明〉一文後，使我想起當年與黃春明同在一起的日子。內心有一股熱切的意念，促使我提筆寫下來，提供給廣大的校友及關心臺灣文學發展的人士分享。

沒錯，當年黃春明剛從南師轉學到屏師來時，是孤鳥一隻，沒有什麼朋友。因為他曾參加過省運橄欖球賽，所以每到課外運動時間，他便穿著橄欖球衣褲、長襪及球鞋，當時的形象便成了仁傑學弟筆下所形容的「老是抱著一個橄欖球，在操場上又踢又跳，自得其樂的「『小白臉』黃春明」。這個「小白臉」留給我的記憶是每看到「第一滴血」影片男主角時，就會想到當年的黃春明，尤其是那個扁臉龐和翹嘴巴最神似。

看過或玩過橄欖球的人都知道，踢出去的球彈跳是不規則的，東西南北亂跳一通。有一次，我打從操場走過，球忽然滾到我腳邊，我彎腰撿起來，哇！好硬好怪的球，心中好想也玩它一下，可是看到遠遠的黃春明酷酷的，只好把球丟回去。當時我是陳如倫老師指導下的網球校隊，常利用課外活動時間集訓。有一回我坐在場邊休息時，黃春明走過來，向我借球拍下場打一下。我看他似乎玩過網球，只是球技還差很遠。他玩了幾下，球好像不太聽他的話，只好很掃興的還我球拍，並且說他想學打網球，可否教他打，我點點頭也說，我也想學打橄欖球，可否教我玩。就這樣我們在球場結緣，以球會友。更沒有想到日後他竟成了我走上寫作生涯的推手和啟蒙老師，影響我很深的貴人。

起初接觸橄欖球只是抱著好玩的心態去參與，後來因為他的一段話：「在美國橄欖球賽中，女生看到男生抱著球在場中衝鋒陷陣、窮追猛撞、閃躲推打、奮勇達陣的爽勁，羨慕地面對著攝影鏡頭大叫說：『下輩子我也要當男生。』這輩子當男生的我們，怎能放棄機會，不好好的玩它一下？」衝著這段話，我便決定參加他自任隊長兼教練的橄欖球校隊，並當鬥牛時的陣頭牛角，當年還參加縣運比賽，跟驍勇善戰的東港水產校隊一決雌雄。當時我很高很瘦（身高一八一公分、體重六十公斤左右），胸部沒什麼肉，每次鬥牛時一撞，肋骨就嘎吱嘎吱地響，現在想來還能體會那時的痛。

其實黃春明轉學屏師之前，已經是稍有名氣的作家，經常投稿在報紙副刊上發表文章，所以不能算是「棄武從文」，應該是允文允武、多才多藝。那時我正開始對文學及寫作很狂熱，和他接觸過後便很崇拜他，暗地裡像海綿似的從他那兒吮吸文學的營養。因為我倆不同班（我甲班、他乙班），所以只得利用正課以外的時間混在一起，常常在晚飯後晚自修前，併肩在校園散步，談閱讀、談文學、談他的寫作。甚至於意猶未盡時，就寢的熄燈號吹後，還相約走出寢室，到路燈下研讀乃多夫人、泰戈爾等詩集。

記得有一次雨後的黃昏，我們在學生實習種菜的菜畦小路上漫步，小蝸牛也爬上路來湊熱鬧，當我的腳無意中要踩到牠時，黃春明立刻阻止我，彎腰拾起蝸牛，很疼惜地托在手掌上，娓娓地道出他新近在中華日報副刊發表的小蝸牛文章，那種愉悅凝注的神情，深深的烙印在我的心田。後來我的第一篇五千多字的中篇童話〈小蝸牛搬家〉（臺灣《教育輔導》月刊四十九年元月刊登），便是因為他的啟迪和牽引所創作出來的。也因為這篇幾近半個月薪水二百四十元（當時月薪五百元）的稿費激勵，激發我對兒童文學的投入，進而尋求更廣泛的寫作領域。

黃春明是一位興趣多元、才藝出眾的性情中人，無論什麼運動都想參與，棋琴書畫樣樣都想嘗試。嘗試過後，很快地又能展露頭角，引人注目。尤其琴詣歌唱受到劉天林老師的調教後，更令人刮目相看。女同學對他有好感的日漸眾多，相對的心生妒意的男同學也相繼出現，有事沒事的向他挑釁、釘孤枝（一對一打架），偏偏他那不服輸的橄欖球性格，在忍無可忍時便約到男生澡堂後面隱蔽空地，當成舒展筋骨、練練拳腳的運動，打到筋疲力竭之後，握握手、敬個禮、拍拍屁股走人，這就是當時年輕人的君子之「架」。可是次數多了，被教官知道了，訓導處也多了些不良記錄。有一次在司令台後面打架，被張效良校長叫去說：「再打，那可要轉學到巴士海峽去讀了！」聰明如黃春明，覺得事態嚴重，從此金盆洗手，不敢再滋事了。

日子一天天過，升上三年級後，興奮地忙著環島畢業旅行，忙著校外實習試教，忙著準備畢業考試，……有一天吃過晚飯後，黃春明急急忙忙的來找我，問我畢業考準備好了沒？我搖搖頭，他接著說：「走，我們去西藥店買幾粒袪愛睏的藥丸，準備晚上開夜車。」可是夜車還沒開到十一點，眼皮就不聽話地掉了下來，倆人只好各自回寢室去睡了。

畢業前夕，黃春明心事重重的向我說：「軍訓成績沒通過怎麼辦？」我想了想說：「走！我們去拜託宋其清教官，請他手下留情。」到了教官室，宋教官問明來意後，先叫我暫時離開，留下黃春明和他談。最後我們還是順利地在民國四十七年畢業了。

畢業後，他回故鄉宜蘭任教，我則留縣服務。因為南北分隔兩地，難得見面。三年後我入伍當兵，新兵訓練中心結訓後，分發到宜蘭通信兵學校受訓，湊巧黃春明也在那兒受訓，倆人匆匆見了一次面，在福利社邊吃陽春麵，邊聊一些別後生活，言談中隱隱約約地得知他的學校教書生活有些不太如意。

退伍後，我回到屏師附小繼續任教。有一天忽然接到黃春明的來信，信上說他和學生勾肩搭背、稱兄道弟、沒有距離的互動，很受學生歡迎，可是學校行政管理部門卻很不認同，因此他想換學校，可否推薦他進附小？我銜命拜見朱劍鳴校長，沒想到朱校長回母校向同事打聽、看操行紀錄。回來約見我說：「瑞景，你明知道我的辦校理念和個性，怎麼可以介紹這麼衝的人才給我，不怕我天天和他大眼瞪小眼？我們學校聘請、辭退老師有句很特殊的名言『迎神容易送神難』，難道你忘了嗎？」之後我據實回了信。

年復一年，後來輾轉得知黃春明離開了學校，進入廣播電臺工作，也做過進口代理商、創辦兒童劇團、寫劇本拍電影……。這些年來，我不清楚他從事何種行業，但我很清楚他的文章越寫越好，也越讓人喜愛、感動。尤其鄉土小說已成為本土作家的第一把交椅。本來當初沒有如願和黃春明當同事，常感內疚，後來看到他在文學上的成就，反而慶幸他當時沒進附小，否則今日的黃春明，可能是另外一個人了。

九十二年端午節前夕，我北上參與翰林國中國文課本編寫討論會，內人綁了幾串有媽媽味道的粽子跟著上來。主編宋裕老師和我，都主張每一冊都該安排一至二篇不同類型的小說。鄉土小說方面第一個想到的作家就是黃春明，可是我們翻遍他的小說，不是太長，就是負面教材過多，不適合國中生研讀，即使勉強編入，也難通過教育部審查委員的審查。宋老師知道我和春明是同學，也有交情，所以要我出面請他設法，並邀請他擔任幾場高中國文教師研習會的演講。

同學多年不見，電話一接通，電話兩端的人都很興奮，相約第二天一大早在新生南路臺大側門見面。內人是黃春明的早年粉絲，當她知道我們要見面時也感染了一些興奮，蒸好幾個粽子，外加一盒水果要我帶去，好讓我倆邊談邊享用。我們見了面沒有握手，更沒有擁抱，因為我倆不習慣這些，只有深深地看著對方的魚尾紋又多了幾條？交換幾本個人著作後，天南地北地聊了起來。至於宋老師交待的事，選文方面他很為難，幫不上忙；演講的事，電話再連繫。我沒怪他，因為那時他實在太忙了，也太「大咖」了，大到總統府總理月會邀請他去演講、八十七年榮獲國家文藝獎、今年還得行政院文化獎，這真是屏師人莫大的光榮！

九十七年十一月四日，屏師四七級召開畢業五十週年同學會，黃春明帶著夫人第一次回母校參加同學會，大家都很驚艷，也很興奮，所以紛紛找他敘舊、聊天、拍照，唯有我忙著籌備委員的工作，話沒聊幾句，也忘了和他拍照，害本文想附張合照也不可得。所以拜託春明兄，下次如果有機會再見面時，請幫忙記得我倆先拍照存證，我日後再寫文章提到您時，免得又被懷疑想藉您的名號提升知名度。並附帶建議春明兄，請利用一些空檔時間，寫幾篇一千五百字左右，適合國中生研讀的短篇小說，翰林國文課本一定率先採用，能夠讓幾十萬國中生經常浸潤在大師的生花妙筆之中，豈不是多麼喜樂的事啊！雖然「人生七十才開始」，但是記憶力的衰退卻老早已經悄悄開始了。拙文如果有冒犯或記錯的地方，請多包涵，或來篇回文指正。謝謝！

原刊於《屏師校友通訊》一三一期（二〇一〇年四月）

我天天投入母校的懷抱

當大武山的曙光乍現，我便穿著運動服裝，帶著球具來到母校——屏師的懷抱。灑水、整地、練球暖身後，球友們也陸陸續續地來齊，於是展開紅土硬式網球的競技比賽。偌大的球場，大家盡情的追趕跑跳殺；不管是吊高球、放小球、猛力揮拍，或反手切球，個個敞開心胸，隨興吼叫。每個人各盡所能、用盡其招，總想把對方打得落花流水，贏得勝利才甘心似的。一場球賽下來，大家都香汗淋漓、筋骨舒暢，大呼過癮，一天的好心情，好活力、健康的身心，就從此刻開始，感謝母校給我健康活動場所。

有時候球友姍姍來遲的等待時間，或球賽結束回家的時間尚早，或我因事耽擱遲到，球場已滿，無法下場比賽時，通常我會以輕鬆愉快的心情，走入樹林蓊鬱、綠草如茵的校園，就像擁入母親的懷抱。

沿著彎曲環繞的健走步道，走在一米半寬小紅磚砌成的走道上，兩旁的高大樹木一株株地笑臉迎人，清幽的芬多精令人無法抗拒，貪婪地想深深的多吸幾口。走入鬆弛園，輕鬆的雕塑，十二隻振翅飛翔的「心鷗」，平添許多心曠神怡。往前走，眼前是孝親尊師亭，拱橋下是「迎曦湖」。亭前是「風鈴木步道」，樹旁的木牌寫著「……種子帶翅，以利雲遊四方。」好令人嚮往的樹種。木牌上還附一首古詩「春來紅粉花團綻，步道茗花迎曦湖；風鈴揚掛伴藍空，風動花落聽風鈴。」除了古詩之外，我也隨口吟誦一首〈風鈴〉新詩（註）：

我倆是前世無緣的一對戀人；
今生我化作風，
你變成鈴。
當我倆偶而相遇，
叮叮噹噹　是約定的密語——
再續前情。
世人不明，
只當是——
風作弄了癡情的鈴。

每一次走入校園，我都當成文學與腦力的健走，認人、認樹、吟詩誦詞，讓腦力、記憶力活現。風鈴木對面有兩株柳樹，樹上懸掛著刻有韋應物〈滁州西澗〉的木牌：

獨憐幽草澗邊生，上有黃鸝深樹鳴。
春潮帶雨晚來急，野渡無人舟自橫。

邊走邊吟誦，吟完對照原詩，有錯重背，吟對了振臂喊「嘢」！就像網球場上打了一記好球一樣。走上閘門橋，右前方有一株含笑，樹旁豎了大木牌寫著：「深情的我，花香怡人，您於心何忍，讓我離枝離葉？請尊重我的生命權，讓我好好的開花結果，大家一起來欣賞，不是很好嗎？」感性有餘，但簡鍊勸諫不足。試想，準備伸出第三隻手的「君子」，哪有耐心看完？校園標語文學化，除了簡單、感性，規勸更要有力。例如：「青枝嫩葉鮮花，要你憐她惜她。」、「一份仁愛，萬物同春。」、「一份愛心，讓她開得更美；一份溫情，使它活得更好。」、「校園遍地是花草，還得請您去愛它。」、「郁郁菁菁豔豔，可遠觀而不可褻玩焉。」、「愛護花木，受人敬；蹧蹋草木，惹人厭。」、「宇宙創造自然；我們就要美化自然。」……這此標語若能設置在校園的重要角落，不但可以教化在校生，更可以教化入園的民眾。

抬起頭，眼前有兩棵二人才能合抱的高大耳豆樹，樹幹掛了朱熹的〈觀書有感〉：

「半畝方塘一鑑開，天光雲影共徘徊；問渠那得清如許？為有源頭活水來。」湖中央有丈高的噴泉，兩隻黑天鵝悠哉悠哉地游著，偶而親切地向牠倆吹口哨，牠們也會淘氣地回應「嘎！嘎」。大湖的角落，拱橋邊圍成一個小湖，開滿了出汙泥而不染的蓮花，清新脫俗，隨風搖曳，煞是好看。

往前走，草皮中央種了一株結實壘壘的波羅蜜，樹上懸了一塊雕刻精緻的木匾，刻上楊慎的詞〈臨江仙〉：

滾滾長江東逝水，浪花淘盡英雄。是非成敗轉頭空，
青山依舊在，幾度夕陽紅。
白髮漁樵江渚上，慣看秋月春風。一壺濁酒喜相逢，
古今多少事，都付笑談中。

邊吟之餘，邊撫摸刺刺的比橄欖球還大的波羅蜜，那種感覺好真實、好新奇，物我之間似乎不再有距離。在文學健走部份，我給自己定名為「過五關斬六將」，前面榕樹步道上還有第五關晏殊的〈浣溪沙〉：

一曲新詞酒一杯，去年天氣舊亭臺，夕陽西下幾時回。
無可奈何花落去，似曾相似燕歸來，小園香徑獨徘徊。

走出榕樹步道，眼前有水泥砌成的小噴水池，池中有許多蝌蚪，拖著長尾巴只有兩隻腳的小青蛙。在這兒曾經留下我和孫子認識蝌蚪、親近青蛙的美好記憶。池邊有幾株掛滿鮮橙色煙火的火煙樹，接著是毛柿、蘭嶼肉桂、臺灣白臘樹等。這些樹所以認識它，是因為樹下插有名牌，其他沒名牌的，便一知半解了，所以暗自祈禱盼望有朝一日，每一樹種下忽然冒出名牌，讓我看到它便能親切的叫出名字。

很可惜，曾幾何時不知是誰的主意，把樹幹上這麼美的詩詞木牌全卸光了，往後的日子我只能以自製的紙卡代替木牌了。每次校友聚會，母校校長或師長們都會說：「母校的大門永遠敞開，歡迎校友們隨時回來相聚。」，因為退休後很少用車，擔心不用電瓶會沒電，所以偶然會開車回母校打球，可是夏天常被擋在北側門外，非要等到六時二十分才准進入，若等到此時已日上三竿，不是打球的好時間。我心想：母校師長所以會說敞開大門歡迎校友返校，無非是把校友當作一家人看待，居然如此何不以校友身分放行。何況我們打球都得繳場地使用費，加上校友總會發給我整年的汽車通行證，這種種身分仍然撼動不了門禁主事者的鐵石心腸。說我的返家時間不對，命令保全硬生生的阻擋在門外，非要等時間到了，才開大門准我的車子進入。這豈不是不近情理、很傷家人感情的事情嗎？

退休整整十年了，十年來只要我人在屏東，天天都會回到母校，投入母校的懷抱。即時有朝一日球打不動了，我仍然還會常常回母校看看走走，這就是「屏師人」對母校永遠無法割捨的情愫。

原刊於《屏師校友通訊》一三五期（二〇一二年四月）

註：這是八十八年四月二十一日臺中市中小學語文教師週三進修時，在我的引導下，軍功國小梁寶芩老師的創作。

流浪五十五年四七級甲班同學會終於回木瓜園召開

我們四七級甲班的導師是廖漢英老師，他平常講話、上國文課，都使用廣東客家國語，除了客家子弟聽得懂外，其他族群的同學，都是一知半解、滿頭霧水，所以上起課來，有不少的同學不是無精打采，就是趴在桌上睡覺。他看到了會很生氣的罵人：「×××，你在做什麼？」、「我在想……」、「你想？您想死囉！」從此以後，廖導的這一句話，就成了同學見面問候時的俏皮話。

我們導師的年齡和我們差了一大截，平常很少互動，更缺少溝通，師生之間缺乏同理心，常常站在不友善的立場。只要同學犯了無心的小錯誤，被教官逮到了，不但不幫忙說情，還變本加厲地要教官加重處罰。比之乙班趙伯雲老師的嚴中帶慈，丙班佘兆敏老師的和藹可親，我們在學校幾乎成了無人疼惜的孤兒。

竟然無法從導師身上得到關懷、溫暖，同學間只有相互取暖、互相關懷，同學之間的感情因此非常融洽，也很珍惜。畢業後，順理成章的年年開同學會，甚至於一年見面開。

好幾次。不過，大家心中好像有一個默契：同學會寧可在外面流浪，沒意願回木瓜園召開。

普師畢業等同高中職畢業，年齡在二十上下，這種年齡就為人師，現在看來似乎有些嫩，但是當時嚴格的教育專業訓練出來的高素質師範生，卻是個個熱情洋溢、幹勁十足，很受學校、家長的歡迎。因此，四七甲同學畢業後，各自忙著教書、交女朋友、尋覓結婚對象、組織家庭；忙著讀書、進修、參加考試，想更上一層樓。因此班級同學會先晾在一邊，不刻意舉行。只利用同學結婚的喜宴上，兼辦同學會。

記得畢業那一年，住在內埔龍泉的潘福祥，奉父母之命、媒妁之言率先結婚。同學有的坐公車、有的騎腳踏車，有的徒步，就是沒有騎摩托車、開汽車的，因為當時剛畢業，月薪四百八十元，一輛機車上萬元買不起，汽車更不用說了。

第二年，回春日鄉教書、後來當鄉長的段景輝也要結婚了，大夥兒相約坐火車南下，枋寮站下車，段同學派了幾輛牛車來接我們。上坡路段牛車拉不動，大家只得下車推著牛車跑，就這樣嘻嘻哈哈地參加喜宴，真有意思。

我們這一代的婚姻大事才剛辦完畢，第二代子女的喜訊，便如雨後春筍似的冒出來，有時候一年就二、三回，真有應接不暇之感。不過再怎麼頻繁，總有青黃不接的時候，尤其每逢整數「十」的畢業週年慶，我們班的永久總幹事莊慶華，總是會適時的站出來，安排較正式的同學會。因為時日過久，同學會次數繁多，就以記憶所及，把印象較深刻的列舉出來，供同學回味。

第一個十週年，時任高雄縣林淵源縣長機要的張秀光，跳出來承辦澄清湖同學會，當晚夜宿活動中心。當時已結婚的不多，房室方面何財生經驗豐富，蓋得大家夜深了還沒睡意。

第二個十週年，大夥兒往墾丁踏春，慶華在恆春兼差經營花店，得了地利之便，住進聯勤招待所，費用都由在臺北當會計師的蘇永吉贊助。

第三十週年同學會，移師臺中教師會館，由住在雲林的班長林得輝承辦。時任立法委員丙班的張平沼也來湊熱鬧。第二天以亞哥花園董事長的身份，招待我們遊園，並請吃中午飯，盛情令人感動。

第四十八週年請美濃的劉義松、涂賢雄、林森奎、宋正祥等同學籌辦同學會，選定「古老的家」農宿舉行，因為宋正祥在上海經營餐館，難得在春節期間返臺省親，所以配合他在春節期間召開。臨結束時，美濃同學還贈送我們一大包的伴手禮，內有美濃小吃、醬瓜、農產品等，真是滿載而歸。

遊子在外頭流浪久了，不管家有多麼不堪，總是會有想家的念頭。畢業五十週年是個大日子，部份同學心中多少有些鬆動，暗中盼著四七級有同學出來登高一呼籌辦全年級的同學會，那麼我們班便可順水推舟，心中無疙瘩，不露痕跡地回到母校一起召開五十週年全年級同學會。可是，左等右等，從年頭等到六月，似乎沒動靜。慶華急了，便匆匆的發出請帖，在六月的最後一天，於高雄的餐廳吃了一頓午餐，拍了一張照片，便草草了卻了這個大日子。

後來，丙班的蔡森煌經余兆敏導師的督促，出來籌辦全年級的同學會，請我當籌備委員。於九月初在高雄市鳳山召開第一次籌備會，要我負責寫邀請函、劃撥收帳、接洽餐廳和照相館，並製作我班名冊，催促班上同學踴躍參加，結果只有十一個同學來捧場面。

四七級畢業五十週年同學會終於在九十七年十一月四日隆重召開，承蒙母校研究發展組的同仁鼎力協助，過程緊湊、平順、溫馨、圓滿，帶給與會的同學留下美好的回憶。會後，奉命要我寫篇報導，在《屏師校友通訊》發表。我以「同窗三載，再續情緣」為題，於第一二九期（九十八年四月）刊登。也因為這篇報導，和期刊執行編輯結緣，從此以後陸陸續續有作品發表，也因此搭上了一座班上同學與木瓜園之間的心橋。

第五十二週年同學會，請住東港的葉永泰主辦「大鵬灣」之旅，並參觀盛名遠播的東隆宮及海漁拍賣市場。更在市場附近的餐廳，大啖海鮮。餐後，在附設的會議廳開會，擔任同學會會長長達五十二年的蘇吉雄律師，覺得這次同學會辦得很成功，證明同學的能力很強，因而有感而發，想功成身退，於是請大家商量決定下次同學會的地點，指定當地的一位同學當會長，其他同學協辦。大家覺得很有創意，無異議鼓掌通過。並敲定下次同學會選在雲林古坑，由班長林得輝當會長、張景棠當副會長。

一〇〇年十一月中旬，有的從北部，有的由南部開車來到古坑土雞城會合。只有文雄、惠忠和我三人坐火車，在斗南站下車。四十五年沒見過面的南師專同班同學康武雄開車來接我們上路。他經常和班長泡茶聊天，有一天，在電話中叫出「林瑞景」時，武雄很驚訝的說：「他是我同學，你怎會認識？」就這樣武雄便成了半個屏師同學，和我們打成一片。

第五十四週年，本來請臺北的蘇永吉主辦，蔡義祥校長協辦。後來考慮同學都是七十多歲的老翁，擔心旅途太勞累，所以臨時移師到高雄的餐廳舉行。會中大家談到五十五週年要到那兒召開時，有些同學說：同學會一直在外頭流浪，從來沒有回母校走走看看，心中實在有點怪怪的，何不趁著五十五週年回母校辦理一次。總幹事慶華裁決說：「我有同感，就請天天回母校打球的瑞景主辦，其他屏東市的同學協辦。並請瑞景寫一篇有關同學會的報導，投遞到『屏師校友通訊』發表」。

流浪在外頭五十五年的四七甲同學會，終於在一〇二年十一月十六日，正式回到木瓜園召開。因為是學期中，為了不想打擾母校辦學，所以選在星期六低調舉行。可是沒想到，當印有同學會活動內容的邀請卡，送到母校研究發展處就業暨校友服務組時，負責校友服務的承辦人沈郁娟小姐看過內容後，很熱心的願意配合活動、提供協助。例如：知會大門警衛室、開啟跑馬燈致歡迎字幕、開放校史室，以及在林森校區大門準備照相用的坐椅等，還關心的問我：「照相方面有沒有需要出面協助？」我靦腆的回答說：「大張合照已請好照相館，只是活動拍攝，同學中沒有玩數位相機的，需要支援」。她爽快地回應說：「那天我會出席，拍攝由我來支援。」我一聽之下，簡直太令人驚喜望外、感動不已了。

活動當日，早上九點三十分在母校民生校區前門大廳同學「相見歡」的時刻到了，我們的榮譽導師余兆敏老師率先出現，沈小姐也來了，同學一個個陸陸續續的駕臨，有的單槍匹馬，有的與夫人併肩出席。我們不用簽到，也不必掛名牌，因為我們太熟悉彼此了。見了面，大家的話題似乎聊不完，沈小姐則在各角落，不動聲色的捕捉鏡頭。

早上十時出頭，大夥兒坐電梯上三樓校史室，個個想從史料中找到昔日的記憶。我突然發現在大玻璃櫃裡，有早期各屆畢業時的全年級合照，找到我們第十屆的那一張，也請來慶華、余老師來一同細細端詳，其他同學知道了，也紛紛擁上來，找出自己站在哪兒。找到了，但又不敢確定，因為影像太小，距離太遠，大家心中都存有問號。最後，有位同學說：「希望畢業六十週年時，能拿出來放大，每人發一張，當傳家之寶。」

預定上午十一時，在林森校區木瓜園拍合照的時辰快到了，我催促同學趕快下樓，由北側門驅車前往，沿途請同學觀賞新校區美麗的校園。到了林森校區，照相館的老闆正在選擇拍照方式和角度，我忙著跟同學把放在玄關的椅子搬到拍照地點排好。在忙得團團轉時，忽然接到從臺北開車來參加同學會的蘇永吉夫婦的電話，說他已經在民生校區門口，找不到我們，又不知道林森校區怎麼走，要我去帶路；我這邊又忙不過來，急得像熱鍋上的螞蟻。沈小姐看在眼裡，自告奮勇的要去帶，可是我一想：妳又不認識永吉。所以只得鑽進車子跟她去了。到了那兒，連影子也沒看到。回途中，手機響了，說他們已經到了林森校區。哇噻！迷途的老鳥終於找到家了。

打從一〇二年暑假起，我應母校之聘，擔任十二月二日舉行的全國國語文競賽作文組二位學生代表的培訓老師，每週兩次在林森校區華語中心教室上課，所以這段期間常在木瓜園走動，知道五十五年前還留存下來的「古蹟」：有廚房的大煙囪、游泳池的水塔、男生宿舍前的芒果樹，以及寶塔猜謎的廣播塔等。這些都是屏師人的共同記憶，尤其是發生在廣播身上的故事，是許多人甜蜜的回憶。所以在校門前的大合照拍完後，我帶著同學，穿過停車場，到廣播塔前的跑道上，拍了另一張歷史性的合照，塔頂的木瓜葉校徽還拍得相當漂亮。

近午時了，大家的肚子都在唱空城，於是大夥兒一聲令下，開車往廣東路千禧公園對面的阿芬（原名海天下）海鮮餐廳聚餐。同學一共來了二十五位、家眷十四位，加上余兆敏老師、沈小姐，熱鬧地擠滿了四大桌，每桌伍仟元的菜餚，大家吃得津津有味，非常滿意。席間，仍照往例由男同學各樂捐新臺幣一仟元，家眷免費。蘇吉雄夫婦捐新臺幣一佰萬元給母校校友總會設立清寒獎學金，沈小姐將要頒與的感謝牌帶來，請余老師代為頒贈。曾任銀行總經理的林茂雄，也想跟進捐助新臺幣伍十萬元設立清寒獎學金，以感念母校栽培之恩。事業有成的永吉、吉雄、茂雄等三位現場各捐一萬元，除留下新臺幣五仟元作為班費外，其餘新臺幣貳萬五仟元以四七甲同學會的名義捐給母校校務基金。並決議第五十六週年在屏東縣潮州鎮「八大森林遊樂區」舉行，由鄭平雄主辦，潘福祥、鍾武雄、何財生協辦。

流浪五十五年的遊子，終於回到母親的懷抱，這是天大地大的喜事，所以今天同學們的心情非常「嗨」，個個臉上喜孜孜的。宴席臨結束時，伴手禮萬巒豬腳和客家龜粿的小吃，分別送到同學手上；趕工沖洗的兩張合照，也適時送來，當同學看到美照底下的一排字「屏師四七甲畢業五十五週年回木瓜園召開同學會留念一〇二年十一月十六日」時，都感動莫名，覺得不虛此行。

此次同學會因有要事不克參加，或因身體狀況不宜出遠門的同學，我都分別寄上寶塔前同學的合照，並在背面寫上同學姓名，好讓他們也能分享回木瓜園開同學會的喜悅，也請他們時時感受到同學的關心和祝福。

這次同學會能夠辦得如此順利、圓滿，這要歸功於母校研究發展處就業暨校友服務組沈小姐的鼎力相助，還把活動照片製成CD光碟，讓我加洗後寄給同學，這是歷屆同學會不曾有過的創舉，所以收到的同學都很窩心。其次也要感謝佘兆敏老師給同學的關懷和溫暖；陳惠忠幫我用電腦打出漂亮的邀請卡和信封；楊文雄、曾次朗也幫忙很多，一併感謝。更感謝熱心參與同學會的同學和夫人，因為您們的「回娘家」，使木瓜園這個大家庭，變得更和諧、更可愛、更加溫暖。

原刊於《屏師校友通訊》一三九期（二〇一四年四月）

回木瓜園參觀校慶及校友之家

屏師畢業離開木瓜園已經快六十年了。在這近一甲子的日子裡，我不曾回母校參觀校慶，更不曾踏進校友之家。即使早年曾在附小待過八年，木瓜園盡在咫尺，只有一牆之隔。尤其是民國九十年退休後，每天清晨到民生校區打球時，必經過林森校區正門，瞄一瞄電子鐘顯現的時間和氣溫。每年十一、二月，都會看到即將舉辦校慶的揭示牌，但是從未讓我心動過，這是因為不曾正式受到邀請的關係。

一〇四年十一月下旬，忽然接到屏東大學的來函。拆閱時，同是校友的老婆大人也在身旁。隨口問道：「一起去吧？」「不要！我們既沒有響亮的頭銜，平日我們又不喜歡與人搭訕哈啦，到時候被冷落在角落裡多沒意思。」說的也是，參加的意願也就冷卻下來。

十二月一日，回覆截止的日子到了，去或不去，內心實在很掙扎。於是我又拿出邀請函仔細端詳。哇！好精緻、漂亮的邀請卡，一看就知道是視覺藝術專才設計的。除了「大武驕陽、再造高峰」校慶開幕典禮邀請卡外，還分別詳列校慶、校運、藝文展演，以及整修後的「校友之家」邀請卡前的一段話「一〇四年十二月，蛻去舊的面貌，賦予新生命的『校友之家』」正式啟用了！記得，當您想念這曾經陪伴您走過青春年少；滋養您成長的母校時，就回來吧！」太讓我感動了，當下便決定「去」，不再猶豫地填寫回條，即刻傳真回覆。

十二月十三日（星期日），一大早，我照常到民生校區打網球。八點多返家，洗過澡已經快九點了，匆匆騎上鐵馬，直奔木瓜園。一腳踏進表演廳，報到處的校友服務組吳組長、助理沈郁娟，便親切地走來打招呼，令人頗感窩心。簽了名，提了一袋裝有「校友之家」啟用紀念專刊、何文杞臺灣畫冊、屏大校訊、校友通訊，以及贈品等，由服務的學妹帶領進入會場。一進門便遠遠的看到靠邊走道中間位置，坐椅背上夾了一枚「林瑞景校友」大名牌，旁邊坐著四六級鍾吉雄校友。

哇！真巧！我最近奉老婆的命，正要向他打聽兩件事，卻在這兒不期而遇，真是喜出望外。話還沒談幾句，舞臺上的校慶典禮正式開鑼了。開始先來個音樂饗宴暖場，由名聲樂家校友演唱〈杯底嘸通飼金魚〉等兩首臺灣民謠；接著由屏大音樂系師生鋼琴三重奏，優美的世界名曲，博得全場的掌聲喝采。

校長古源光博士致詞時，除了闡述「多元合流，培育社會菁英，追求卓越」為學校發展願景外，更以「培育專業實務人才，發展多元文化特色、追求卓越激發創新、開拓學術重點領域、邁進國際知名大學」等五大策略為主軸，戮力追求學校的蓬勃發展。談話中充分展現出做人中肯、做事積極、治校全力以赴的決心，全場觀禮者聽了無不動容。

會場舞臺以大武驕陽、再造高峰的屏大校徽為主題，再配合學校發展願景設計，造型新穎、氣勢非凡、視覺效果頗佳。舞臺兩邊坐滿了貴賓，右邊是來自日本、越南、中國大陸廣州中山、嶺南、上海師範等姊妹大學校長或代表，以及臺灣教育大學系統總校長吳清基，屏東中學六二級校友校長陳長瑞。

舞臺左邊坐了十四位新科傑出校友、校友總會榮譽理事長陳道南、現任代理理事長蔡東源，以及最資深九十幾歲的龔榮熙校友。外賓致詞的內容五花八門、多采多姿，互贈的禮物亦是如此。唯獨屏大送的一律是校友的精心傑作——雕塑古董一件。

六二級校友陳長瑞校長上臺致詞最讓我印象深刻。那天是星期日，陳校友一早先到學校整理校園，工作告一段落後，看看腕錶已經快九點了，於是匆匆趕到會場。難怪他的衣著看起來和其他來賓比較，顯得有點兒「衣衫不整」。不過，經他一點明，大家反而更覺得他的純樸可愛，這就是屏師人在「三動」教育下的成就。

十一點二十分典禮結束，古校長帶領我們一大群校友移師新整修的「校友之家」。在啟用典禮上，古校長說：校友是學校最重要的資產，如何凝聚這股力量，來成就學校的永續發展，是他治校中念茲在茲的要事。他還感性的透露：我是屏東人，家住糖廠宿舍，從小都在屏東求學，直到高中畢業。從前時常經過林森路，看看令人嚮往的屏師。當年和太太約會，也常選在幽靜的木瓜園裡。因此能來屏大任職，就像回到娘家，有幸福的感覺。這座凝聚校友對母校情感的家，已經用心整修、溫馨佈置好了；可以住宿、聯誼、作品展示。更重要的是，「校友服務組」將在此迎接回訪母校的廣大校友們。敬愛的校友們！當您想念曾經陪伴您走過青春年少，滋養您成長的木瓜園時，就下決心回來吧！

啟用儀式結束後，校長引導我們進入「家」裡，這個家不但外觀美輪美奐，內部也佈置的美觀舒適。一樓分四大區域：理事長辦公室、交誼區、辦公區及活動區；二樓為住宿區：規劃四間套房，設有獨立出入口，由門禁卡管制。看了這些貼心的佈置，使我想起三十年前，我家大女兒考臺南女中時，住宿南師校友之家（我也是南師專五五級校友）種種的往事。那時只是貪求方便，眼前這個家能住宿一晚，將是舒適、享受。

原刊於《屏師校友通訊》四期（二〇一六年四月）

參觀屏東大學第三屆校慶有感

一〇四年十二月屏大第三屆校慶，我第一次受邀回木瓜園參觀校慶及校友之家。（詳情見《校友通訊》第四期）第三屆校慶再度受邀，所不同的是連內人也接到邀請函，這是因為同是五二級的黃光男校友，一〇五年得到母校頒發「傑出成就終身貢獻獎」殊榮，特別邀請常聚在一起的同學，分享他的榮耀。

這屆校慶最大的賣點，就是古校長請來立法院長蘇嘉全先生來當貴賓，整個會場就因為蘇院長的蒞臨而活絡起來。其次是從國外邀請來了二十多個姊妹校的校長或代表參與盛會，十幾位新科傑出校友，以及大專院校校長，再加上黃光男、代理理事長蔡東源等，幾乎把整個舞臺擠爆了，連立法委員鍾佳濱也只能坐在台下。

相形之下，舞臺前的觀禮席，除了第一排的重要來賓，及前面幾排按名牌入座的校友外，中間排之後，座位就顯得稀落多了。因此，往後的校慶，應該可以擴大邀請校友、在校學生及老師參加，因為校慶是學校的重要慶典，理應熱熱鬧鬧、歡天喜地慶祝才對。

九點半典禮開始，古校長對屏東大學的發展願景，規劃得非常令人佩服，治校工作充滿熱誠自信，尤其是對學校員工的親和力，更令人感佩，相信學校在他領導下，必然蒸蒸日上。

古校長致詞時，談到屏東大學的演進改制時，總共說了三次：是由師專、師院、教大、再和屏商技院合併而成。獨獨漏了長期建立好基礎、好聲譽的「普師」階段。使坐在前幾排、頭髮半白的「屏師校友」，心中覺得有那點兒不是滋味，頗有「失落感」。

當蘇院長進入會場時，相信有很多來賓都覺得甚感訝異、狐疑：古校長怎麼能夠請得動立法院長來參加校慶？這裡頭一定有許多不為人知的故事。

果然不錯，輪到蘇院長致詞時，娓娓透露出他和古校長長期以來的交情，使每位與會的來賓，都瞪大眼睛、豎起耳朵，全神貫注聆聽他倆的「哥倆好」往事。

原來他倆是屏東高中的同學，都愛打排球。每次比賽時，通常是古做球、蘇跳起來殺球，所以交情很好。高中畢業後，古走學術管道、出國深造；蘇往政治路線發展。蘇選上縣長時，便想到在產學界頗有成就的古同學，三顧茅蘆才請出來當他的副縣長，放手讓古發揮產學長才，大鵬灣、恆春半島的開發，就是古的代表作。

談到和「屏師」的淵源，蘇院長說：我兩個姐姐都是屏東師範畢業，都當小學老師。當時考屏師非常難考，沒有很優秀是考不上的。如果叫我考，我考不上；說到這兒，回頭面向古校長說：當年若讓你考，也許你也考不上。（台上、台下笑成一團）讚哪！蘇院長幫「屏師人」扳回一城，大家內心實在有夠窩心。

此次母校隆重表彰黃光男在文化藝術的傑出成就，頒發「校友終身貢獻獎」，可以說是實至名歸。黃光男當過美術、博物館館長；藝術大學校長、行政院政務委員、總統府國策顧問；也是教授、水墨畫家、作家、大學駐校藝術家等。是一位詩、書、畫、寫作集一體的全方位文人藝術家。

黃光男校友是位性情中人，高屏兩地是他成長、讀書、學習與工作生活過的地方，在他的畫作、文章中，常常惦記著鄉土的呼喚和社會的關懷。秉持著這種性情，他不斷的創作和寫書，成就了今日的黃光男。

校友總會代理理事長蔡東源有感於黃光男的成就和貢獻，在他致詞時，特別慎重的呼籲母校設立「黃光男文化藝術館」，作為收集、整理、珍藏他的書畫、創作及手稿。除了妥善保存他的文物外，也可做為後學者研究、學習、瞻仰的最佳場所。

記得一〇四年七月二十六日在屏東佛光講堂為他的新書《竹泉遊蹤》簽書會上，黃光男曾說到：「我可以用電腦寫稿，但是我知道有許多人和單位，想蒐集、擁有我的手稿，所以才捨電腦而使用紙筆了。」因此筆者也呼籲母校詳細評估後，認為可以設館時，動作可要快，免得被其他單位捷足先登了。

這次黃光男的得獎，使我聯想到新一〇六的一年，這個獎誰最有資格得到？斟酌再三，我認為有諾貝爾文學獎層級（日本文藝界曾有如此評比）的四七級黃春明校友值得考慮。

每年校慶校友回木瓜園參與的意願，不甚熱衷的原因，是因為母校能讓校友懷念的人、事、物，越來越少了。難怪中山大學校長鄭英耀校友致詞時，很卑微的請求母校，當校友回木瓜園時，可以看到木瓜葉校徽，也可以聽（唱）到「屏師之風，山高水長」的校歌。他建議起碼在教育學院、校友之家，張貼木瓜葉校徽，備有「山高水長」的錄音帶，讓校友一償宿願。在此，筆者也由衷的盼望母校，好好的通盤規劃出讓校友喜歡回木瓜園走走、看看，願意回饋母校的藍圖。

原刊於《屏師校友通訊》六期（二〇一七年四月）

籌辦一場不一樣的同學會

如果全年級同學會，每隔十年才召開一次的話，那畢業六十年將是最令人期待又重視的一次。因為再等畢業七十年時，每位同學已經是九十歲上下的人了，屆時想要再召開，可說是「心有餘而力不足」了。何況，那時候還健在的同學，大概屈指可數了。

一　籌辦緣由

一〇六年初，偶而在買水站遇到看起來比我們年輕、人人敬愛的四七級導師余兆敏老師。

「老師，明年是我們四七級畢業六十週年了，丙班同學人才濟濟，可否由老師推薦一位出來，召集各班代表召開籌備會？」

「瑞景，你有籌備畢業五十週年同學會的經驗，還是由你出面召集過去的籌備委員一起開會吧！」

師命難違，我把這個消息，告訴承辦同學會經驗豐富的我班同學會總幹事莊慶華。

他一再的鼓勵我出來承擔，他會從旁協助。

就這樣，我把這份任務常常放在心上，在生活的日子裡，只要想起這件事，很自然的就會思索，如何把這項任務辦得圓滿、辦得很有創意，不讓老師、同學失望。

二　他山之石

過了幾週後，在一個聚餐中，得知四六級學長將在三月二十九日，於林森校區科學館演講廳舉辦畢業六十年同學會。同學會特地選在昔日的母校木瓜園舉辦，特別有一番深意，很令人嚮往，所以我特地前往取經、觀摩。

參觀過後，發現演講廳當會場，對我們來說，不夠寬敞；（四六級畢業四班，四七級卻是五班）餐敘場所（自助餐形式）較嫌擁擠。最大的難題要算是會後全體出席人員的大合照，沒有適當有階梯的大門可供拍攝。當下便決定還是回到民生校區國際會議廳舉辦同學會，會後下五育樓臺階拍大合照，之後再信步走向學生自助餐廳餐敘。下午的活動就在餐廳，繼續進行會比較理想。

不過吉雄學長自費出版《槐廬散記》一書，贈送同學的善舉，值得看齊，所以我也決定從著作中選擇一本老少咸宜的《少兒詩導讀與教寫》贈與同學，作為紀念。

三 收費問題

一般說來，召集全年級同學會，最困擾、最麻煩的，要算是收費問題了。像四五級學長每位參加同學收貳仟元，當發出邀請函後，就紛紛傳出一些想法。辦一個同學會為什麼要收這麼多錢？因而減低了參加的意願。

四六級學長為了想提高出席率，刻意壓低出席費每人只收壹仟元。意外的出席率高達百分之四十七點二（七十四人），加上陪同眷屬總計八十九人參加，計算機大概一按，便知費用明顯不足，只得在同學會中鼓勵樂捐。

收費多少？只要事前籌備會詳加討論估算，應該不是難事，最難的是收費過程；最麻煩的是誰來收？怎麼收？當全年級同學會的出納，需要細心、耐心，還要任勞任怨。這當中如果忙中不小心漏了登記，以後結帳時可就麻煩大了。

曾經有位學妹，興高采烈地從美國回來參加畢業五十年同學會，在餐桌上繳交出席費。回到美國後，被告知沒繳出席費，氣得連寫了好幾封伸冤罵人的信，還影印航空快信寄給熟知的同學。

當出納管帳是件既辛苦又吃力不討好的苦差事。我認識一位國中老師退休的學弟，被籌備委員推舉為出納管帳。同學會前後一、二個月，幾乎每天可看到他抱著剛滿週歲的孫子往郵局跑。號碼輪到他時，他把孫子抱上臨櫃窗口邊的櫃檯上，一面照顧孫子，一面和櫃檯小姐處理帳務，這種情景讓我看了，既感動又很不捨。

這些刻板印象，深深地烙印在我的心田裡。當我決定要跳出來承擔籌備工作時，便暗地裡告訴自己：決心籌備一場不一樣的同學會。

雖然四六級同學會我沒有全程參與，但是各班代表報告同學活動、近況時，有位學長的一段話，讓我印象深刻：「……今天大家歡聚在一起，多麼令人高興和珍惜；可是今日別後，大概再也沒有相聚的機會了。」。我心中感傷之餘，一直問自己：沒有七十周年，為何不舉辦六十三、六十五週年同學會？那時「哀傷」也就不見了，大家既可高興又期待地一起說：「珍重再見！」不是很棒嗎？

四　兩個構想

一〇六年五月二十四日我召集各班代表（甲班莊慶華、乙班洪文耀、丙班許朝前、丁班鄞淑端、戊班盧璐），在一家海鮮餐廳包廂召開第一次籌備會，也邀請余兆敏導師（當天因大姊住院，臨時缺席。）、校友服務組吳茉朱組長及沈郁娟助理蒞臨指導並配合作業。會中我拋出兩個構想：一、同學會可否不用收費？二、六十週年後，同學會可否每隔幾年再召開，不要再等十年？

當我把這兩個想法形成的背景詳說之後，各班籌備委員都很認同。於是大家決議：從今天開始，各班代表積極連繫同學，建立班級名冊，並尋找一、二位事業有成，又肯樂善好施的金主，等暑假過後，再召開第二次籌備會，屆時希望有好消息。不過，當時我們這幾個臭皮匠，已經想到幾個遊說的目標。

九月中旬，有消息傳來，首選目標已經連繫上，並同意大力幫忙同學會的事，只是要怎麼幫忙卻沒有明說。於是我分別打電話通知各委員在九月二十八日教師節當天上午十點，於校友之家召開第二次籌備會，請大家商量往後的工作方向。

五　金主現身

九月二十七日下午，忽然接到朝前的電話：張平沼帶著書祕、顧問及隨扈南下高雄，明天十點會到校友之家親自參加籌備會。哇！這真是天大的好消息，好像吃下一顆定心丸。我急電余兆敏老師，請他務必來看看他的愛徒。連遠住高雄岡山請洪文耀代班的何精隆，也要來共襄盛舉。

次日還不到十點，大伙兒已陸陸續續到齊。平沼帶來三個人，每人兩手提著教師節禮盒，分送給大家，看到余老師還來個大擁抱。等大家坐定後，平沼開口說：「先講好，中午由我請客！」莊慶華立刻站起來搶著說：「還是由我來請，到我家小孩開的餐館吃飯。」

我看熱絡的氛圍已經炒起來了，於是我趁勢提議推舉張平沼為四七級畢業六十週年同學會會長，大家熱烈鼓掌高喊「贊成」。慶華還加碼說：「不僅這一屆，以後更是永久的會長。」大家似乎樂翻了，一起齊哄要張答應。平沼看到同學的盛情，也就欣然接受。

接著，我把第一次籌備會的兩個想法簡單扼要的重說一遍，要張會長慎重考慮裁決。會長聽完了我的報告後，很「阿莎力」（乾脆）地說：「好！不用收費，一切開銷全由我負責。至於要隔幾年開同學會？我認為同學都年歲已高，時日無多，乾脆年年舉辦，如何？」說到這兒，大家都熱烈拍手贊成，也表示感謝。

大家商量決定二〇〇七年四月二十二日舉辦同學會後，平沼接著說：「北部的同學來到屏東開同學會，下了高鐵到母校的交通問題，是最感困擾的麻煩事，這也許會減低參加的意願。所以我決定在新左營高鐵站出口處，準備專車接送同學到母校會場。」

何精隆聽到這個決定，有一點兒擔心的說：「這種花費可是太高了，看看有沒有其他辦法？」

「錢不是問題，同學方便最重要。要知道北部人到屏東的不便，南部人是很難體會的。我一直希望同學會開得熱熱鬧鬧，就像瑞景說的像嘉年華會似的；雖然很難做到扶老攜幼，但總是可鼓勵同學盡量攜眷或由親人陪同來參加。致於其他事務、細節就交給瑞景策劃推動，並密切和籌備委員商量合作。時間也差不多了，我們大家拍幾張相片留念，也到木瓜園走走、看看、聊聊天，然後一起到慶華孩子開的餐廳用餐。」

六　情義相融的張平沼

我和張平沼過去在屏師三年（不同班），畢業後走入社會到現在這麼多年，幾乎是零互動。自從負責籌備同學會後，才開始想認識他。經過這次正式接觸後，一整天相處下來，覺得他雖家財萬貫，但聞不到銅臭味；事業做得那麼大，對同學卻是情義相融，談笑之間如家人般的親切。他曾經提醒我，不用稱呼頭銜，直接叫名字就好，這樣才像同學，不分彼此，比較親切。

過了幾天，忽然接到平沼寄來他第一本三百多頁的口述自傳《全力以赴》。悅讀之下，大為驚奇，同為師範畢業生，他居然能掙脫小學老師的宿命，而任法官、立法委員、催生三十多家公司、榮任商界領袖，開啟海峽兩岸商務交流，為臺商排難除厄，真是令人佩服。尤其是第二章〈那些年我在屏師歲月〉，相信「屏師人」讀來會感同深受，感動不已，所以我建議他這次同學會的紀念品，除了我捐贈著作外，這本「全力以赴」也能列入，他也欣然同意。

就在同時間，我接到平沼的秘書來電：「總裁說籌備需要用些經費，要我匯些錢過去，請問要怎麼匯？」「我拜託許朝前擔任出納兼管帳，所以請直接匯給他。」後來朝前告訴我：因為經費預算還沒擬定好，所以請他暫緩匯款。

七　積極展開各項工作

為了使籌備工作及早完成，趕緊到校友服務組和郁娟共擬經費估算表。在撙節開銷原則下，除了交通租車、伴手禮由會長代辦外，其他包括製作手提袋、同學通訊錄、早午餐費、十×十五吋大合照、邀請函印製、郵資費等外，還特別請專人全程錄影、拍照，剪接成專輯，在午餐時間及賦歸前分別播放上下午活動錄影，讓每位同學及眷屬在大螢幕上看到自己和好朋友相聚時那種驚喜、興奮的容顏。

這些開銷經列表估算後，大約需要十三萬多元。經由朝前傳訊息給祕書後，沒幾天就匯下十五萬，並建議早、午餐的經費多寬列一些，讓同學及家屬吃好一點。經再磋商之後，把傳統的早餐包子、豆漿改為西點餐盒；中餐由學生餐廳的自助餐改為在學校附近晶滿儷宴會館的桌餐。會館的電器播放、音響，比學生餐廳更可發揮活動的功效，使同學會更精采、更圓滿。

為了提高出席率，除了可免費參加同學會外，文情並茂的邀請函；詳實、生動富創意的活動程序設計；以及設想周到、方便的報名回條，更不可少。這三大面向，我都很用心構思書寫，並一再修改，直到滿意才肯罷手。定稿後，於十月二十四日召開第三次籌備會，請大家集思廣益，提供意見，使準備郵寄給同學的書類更臻完善。並連同修改後的經費預算，一併傳訊息給會長過目修正。

八　黃春明獲殊榮

在這段籌備過程中，意外地插進一樁讓四七級同學既高興，又甚感與有榮焉的好消息。那就是正如我在《校友通訊》第六期，為文臆測一〇六年屏大「校友終身貢獻獎」，該考慮頒給有諾貝爾文學獎層級的黃春明之建議，真的如我所料。校友服務組吳茱朱組長告訴我這個好消息，並拜託我先向黃春明致意。

電話一接通，先恭禧他得獎。黃春明很驚訝的說：「林瑞景是你推薦的啊！」「不是啦！是你太有名、太有成就了！」經我一番說項，春明因為對屏師很有感情，也很感恩，所以願意接受這個獎。

母校後來發現黃春明真的很不簡單，臺北教大、佛光大學先後頒給他名譽博士學位。自己擁有正牌校友的母校居然沒頒發，實有遺珠之憾。所以又啟動第二次頒授名譽博士程序（第一次是星雲法師），準備在十二月十日校慶時一併頒授。

接踵而來的好事，學校要我廣為宣傳，使頒獎典禮更盛大。我也轉請各班籌備委員，多邀請班上有意願的同學，應邀出席屏大第四屆校慶，為黃春明打卡按讚，也分享他的榮耀。原本要在國際會議廳舉行開幕典禮，因為應邀出席的來賓過多，不得不臨時改在大禮堂舉行。

十一月底，茉朱告訴我，黃春明伉儷要在校慶前一天下午坐高鐵南下，四點多到達校友之家，要我陪春明兄在木瓜園尋覓昔日的記憶。晚上入住鮪魚家族飯店，晚餐擔心春明不習慣校長宴請國際人士的場合，要我出面招待他倆夫妻。心想：三個人吃喝多單調，「獨樂樂不如眾樂樂。」便拿起手機撥給張平沼，問他參不參加十二月十日的屏大校慶？知道他要帶三位助理南下參加，順道演練高鐵左營站專車接送同學的細節時，我趁此建議他早一天來屏東，召開第四次籌備會，確定所有的工作計劃，順便宴請黃春明及其恩師劉天林、余兆敏老師等。當晚在二樓宴席廳包廂內席開兩桌，氣氛熱絡，賓主盡歡。餐後，平沼和助理、春明夫婦一起入住鮪魚飯店。

校慶那天，我們見識到頒授名譽博士的過程，以及黃春明一席師範生涯滋事打架，屢被退學，連滾帶爬，才能低空掠過畢業門檻的真實故事。典禮後，他告訴我，他忘了結束前補上一段話：呼籲現今生活在逆境掙扎中的年輕人，不用氣餒，只要像他一樣有永不放棄的毅力，才有「浪子回頭金不換」的一天。

九　力求皆大歡喜

午時到了，屏大校友總會理事長四八級陳哲男校友，在晶滿儷宴會館席開二十多桌，宴請參加校慶的校友。剛好和我們四七級同學會餐敘場所雷同，正好給籌備委員們親身體驗場所是否適合？五千元菜色、音效、播放影帶設備等是否滿意？結果是肯定的，各項籌備工作到此大致敲定。

在餐敘中，我發現張平沼是位很重視同學情誼的人，和同學聊起屏師三年的生活，一件件敘說出來，如數家珍，多得讓我不敢置信，自覺當年屏師生活多麼貧乏無趣。

時間飛逝，已是午後三點多了，他的話匣子似乎關不住，隨扈在旁一直催他，他才依依不捨地起身說拜拜。我送他到門口，不知道是臺北人看屏東；還是餐桌上因話多而吃得少，沒吃飽？他嘆一口氣對我說：「瑞景，該花的錢儘管花，不要讓同學說我張平沼很小氣。」一語道破我先前「撙節」經費的想法，送走了平沼，我立刻轉身到訂桌處，比對菜單五仟、六仟、七仟元的差別；連同贈送同學的手提袋、包括家屬每人一份的西式餐盒早點，一併往皆大歡喜的方向調整，讓同學們遇到張平沼時，都會豎起大拇指說：「讚！」

十　習慣成自然

我心裡很清楚：「不一樣」的背後，必然會使一些人有不習慣的感覺。例如：過去參加同學會，理所當然，吃用者付費。如今吃的、喝的、拿的，甚至於坐車都不用付費，真的會有點不習慣。但是轉念一想：現今不是正流行紅白帖子，婉辭紅白包嗎？被拒收者心想：過去我收你的紅（白）包，如今想禮尚往來，你卻拒收，實在很不夠意思！過去是習俗，現在是流行，並沒什麼對錯，習慣了就好。

現今事業有成的張平沼，很樂意想撥出一點點錢（對他來說），就可讓六十年前共同生活、求學三年的一百多位老同學們，及近百位家眷相聚在一起敘舊、歡笑，是很值得的。所以不用想太多，把握老天爺賜給我們的餘年，高興快樂的過每一天最重要。何況，大家都認為多參加類似同學會的活動，可以延年益壽，何樂而不為呢！

我也知道，過去各班開同學會，所面對的只是同窗共舖的熟識的同學。如今改為全年級同學會，看到這麼多陌生的臉孔，似乎會有些不習慣。因此午餐桌次的安排，決定仍然維持班級原貌，和過去班級同學會一樣，可無拘無束、自由交談。有所不同的是每桌只限坐九位，空出一位「交流席」，方便讓想到各桌、各班交流的同學使用，慢慢的大家熟悉後，全年級同學會自然的也就等同班級同學會了。

後記：

今年春節除夕前一、二天，四七級全體一五十幾位同學，都收到張平沼用宅急便寄送的春節禮盒，大家都甚感驚喜、又足感心。因而使一些臥病在床、不良於行、或瑣事纏身，原本不克參加的同學，排除萬難，也現身同學會上。

此次同學會實際參加同學有一一〇人，出席率百分之七十三點三，眷屬六十五人，據說這是屏師畢業六十週年同學會的空前紀錄。

原刊於《六堆風雲》一八八期（二〇一八年七月）

哇！這是一場萬歲同學會

小時候，兩蔣時代，每一次呼口號的最後一句「萬歲」「萬萬歲」。呼完，嘴角常揚起來想：人怎麼可能活到「萬歲」？能活到一百歲，就阿彌陀佛了。

一 「萬歲」由來

沒想到另類的「萬歲」，卻出現在屏師四七級畢業六十年同學會上。事情是這樣發生的。

一〇七年四月二十二日同學會上的午餐，在偌大的晶滿儷宴席廳，有一〇四位白髮蒼蒼、八十歲上下的男女同學，加上六十五位平均七十歲以上的眷屬，還不包括母校師長，加起來遠遠超過一萬多歲了。有位較年輕的眷屬，感動得當場來個網路直播說：

「哇！這是一場萬歲同學會呀！」

二　空前紀錄

在這一大票的老同學當中，有一位鼎鼎有名、新近得到屏東大學頒授校友終身貢獻獎及名譽博士學位殊榮的黃春明。母校趁著春明兄回校參加同學會之便，特別商請他多留一天，次日（星期一）下午三時三十分至五時，對文學有興趣的在校學生、校友，及校外人士，作一場「臺灣文學未來的走向」為題的演講會。以我和黃春明的交情，當然要全程在會場陪他。

一進會場，一大群的粉絲圍過來握手、寒暄、拍照。其中有位校友學弟說：「你們昨天的同學會，真是熱鬧盛大，畢業六十年竟然還有一百多位同學參加，可說是空前，也可能是絕後，簡直是可申請金氏紀錄。」

三　禮盒傳心

母校有位學務長接著說：「早上一大早到辦公室，還吃到你們同學會贈送的早餐禮盒，真有心、好感動。」

乍聽之下，心中愣了一下：我們有送嗎？回神一想，恍然大悟，原來在同學會前討論到報到結束後，剩下的東西怎麼處理時，我請校友服務組吳組長指派專人收集保管，早點餐盒可發給工作人員、工讀生、來賓等享用，若再有剩餘，則送到餐廳由會長處理。沒想到張平沼會長除了送照明燈外，又從臺北特別訂製印有木瓜葉校徽、當年屏師校門圖照的蛋糕、餅乾禮盒，作為同學賦歸時的伴手禮，早點餐盒也就在忙亂之中忘了它的存在。好在有吳組長的巧思，第二天分送到母校各處室，讓師長們感受到校友摯愛母校的心意。

四　創意＋巧思

如果說屏師四七級畢業六十年同學會辦得還算順利、圓滿、成功的話，那要歸功於各班籌備委員及校友服務組的同仁，同心協力地應用創意＋巧思所促成。首先是一反常態，參加同學會不用收取任何費用，而且還要年年舉辦的創舉。這個創舉是全靠張平沼同學全力以赴（他的第一本自傳書名）的付出，想盡心思想讓老同學們留下美好的回憶。就是因為這個理想，所以我也就盡心盡力的完成使命。

五　接駁車誤點

這次同學會因為張會長擔心同學們，下了高鐵，人海茫茫，不知道要搭什麼車到屏東母校開同學會，所以用心良苦的包遊覽車當接駁車。也許是同學的年事已高，思維、行動較遲緩，為了等人到齊，因而使接駁車晚到母校半個多時辰，造成大會的流程，不得不臨時調整、壓縮。但是不管怎麼簡化，平沼會長多彩多姿的三年屏師生活、古源光校長校務發展藍圖，以及黃春明的打架、退學，滋長文才的精闢演說，是大會的重頭戲，也是不可少的賣點。

六　禮重情更重

為了使大會活潑多樣，中間穿插了全體老同學贈送平沼「松鶴延年」純白水晶座祝福他呷百二，由游泳健將盧璐代表致贈；鄞淑端個人贈送張夫人自國外帶回來的絲巾和小包包，以答謝夫妻倆對同學的厚愛，場面溫馨感人。

古校長致詞後，長期在立法院工作揮毫的書法家鄭新民同學，寫了兩幅〈山高水長〉、〈鍾靈毓秀，化被八荒〉與人同高的大匾額，贈與母校，真是禮重情更重。

七　動人場景

接著由古校長頒發幾位代表性同學六十年前的學籍卡，當大影幕同時秀出當年清秀稚氣和當今白髮老態對比時，每個人都哈哈大笑，也有時不我矣之嘆。有位眷屬抓取手機直播上網，使眾多未參與同學會的親友，也同時分享。

「武山蒼蒼，淡水泱泱，鍾靈毓秀，化被八方，……」在九十歲高齡教音樂的劉天林老師指揮下，大家齊聲唱校歌。原本坐著唱，後來一個個自動站起來高歌歡唱，連新近髖骨手術、坐著輪椅從美國回來的邱澄枝同學也站了起來，讓人看了不感動也難。

看看腕錶，已接近午時了。我這位籌備經年的工作報告，也只能三言兩語地感謝母校提供這麼好的場地、舞臺及音響，尤其是校友服務組大力協助，實在感激萬分。也同時提醒同學，會後下樓梯到玄關要注意安全，要禮讓女同學先下，男生壓後，由各班工讀生帶領保護到定位，準備拍大合照，眷屬留到拍班級照時再一起照。

八　首度傻眼

我隨著最後一批同學下來，走出電梯門一看，真讓我傻眼；竟然上百位同學全擠在不算寬敞的玄關聊天、敘舊，沒按照事前規劃好的階梯站好，準備拍照。這不但會影響午餐時間，更擔心兩百多張外加護貝的大相片，無法在下午二時三十分前全數準時交件。

於是當機立斷，我拉開嗓門說：「各位同學！沒講完的話吃飯時再講，請大家趕快來拍照。戊班、丁班各成一列跟著我到定位；丙班、乙班從另一個走道，請工讀生引導到四階、六階；甲班留在樓地板（八階）各就定位拍照。」

拍照的細節，因為事前現場推演過，所以很快的進入狀況。拍完大合照，也給各班補拍連同眷屬在內的班級照，讓久未拍班級照的班級，留下珍貴的記憶。

送走最後一部往餐廳的會長座車，我也趕緊到圍牆外騎我的機車。遠遠目睹林晃英、邱澄枝的輪椅車，各由年邁的家屬、同學合力抬起來，通過防止車輛出入的迴轉圍欄時，內心覺得很對不起她們，為什麼事前沒想到請一部復康巴士載她倆一程，而感到內疚。

九　再度傻眼

快午後一點了，我走進餐廳。哇！再一次令我傻眼：整個大餐廳熱鬧滾滾、熙熙嚷嚷、音量超大，任憑司儀吳茉朱組長喊破麥克風請入坐，就是沒人「信到」。這一大票的老人，也真是太可愛了，居然為了和久未見面的老同學敘舊，而放棄「顧肚子」。內人從人群中鑽出來，急著告訴我：「快叫餐廳上菜，否則屋頂快要掀了！」好靈！真的菜一出來，全場便安靜多了。

餐敘中，首先播放「張效良校長紀念影片」，使同學頓時墜入時光隧道，想起在校時的種種往事。接著放映上午同學會活動實況，同學們立刻又重回現實，眼珠子溜溜轉地尋找熟悉的倩影。

這段時間，各班召委發放個人學籍卡，以及四六級鍾吉雄學長贈送的每班五本《槐廬散記》。平沼邀我到各班敬酒（這些酒是他從杜拜進口的紅酒，每桌贈送兩瓶），敬到女生班時，紛紛被要求合照。剛好平沼的三位助理在分發從臺北送來的伴手禮，我趨前協助指認同學（眷屬No）。有些同學想趕搭臺鐵自強號，急著要先告退，問我相片何時送來？看看時間，也快兩點半了。電話聯繫回應說：應該快送到了！剛放下手機，相館老闆已出現在櫃檯前。

同學們拿到相片，無論壯觀的團體照，或是珍貴難得的班級照，都滿意的露出笑靨，小心翼翼地放進紅色鑲著金黃色木瓜葉校徽的漂亮帆布手提袋。一桌柒仟元的佳餚，同學、家眷都吃得津津有味，豐盛得都吃不完，還可打包回家。

十　人生十站

感謝錄影師的巧思，把鏡頭架在唯一的出口，錄下每一位師長、同學、家眷賦歸時，提著大包、小包的愉悅笑容，還製成隨身碟，每人贈送一支。在觀看錄影毛片時，吳組長提出建言：只有影像、配樂，沒有文字點綴，就像做菜少了鹽巴一樣，似乎不夠味，所以要我寫些東西加料進去。因為是「大姑娘上花轎」——頭一遭，加上時間緊迫，匆匆寫了一首「人生十站」應景詩，以激勵同學多多出來同學會，同時盼望大家多珍惜、安享老天爺賜給我們的餘年。

人生十站（為屏師四七級畢業六十年同學會而寫）

人生下來　就像坐上時間列車
每隔十年一小站　由旭日東昇站　開往極樂西方站
在行駛的過程中　有些人迫不及待先下了車
如今　我們這一大群老同學　受老天爺的愛顧
列車順利開到黃昏第八站
夕陽無限好　只是近黃昏

驀然回首　年已八十　離開木瓜園整整六十年
大煙囪　大浴池　大伙飯　寶塔猜謎　菜畦施肥　萬丹路跑
一幕幕就在眼前閃過　昔日同學的臉龐已漸漸模糊
趁著現在心猶溫　步履還可走　懷著感恩喜樂　出來同學會

人生列車還在開　前面還有兩小站

同學千萬別輕易下車
因為——下一站的落日更漂亮

原刊於《屏師校友通訊》九期（二〇一八年十一月）

賞櫻VS花博同學會擦出的火花

一　賞櫻計畫

俗話說：「計畫趕不上變化，變化卻常在冥冥中自然會有定數。」畢業六十一年同學會早在籌備六十周年時，就已經初步決定在臺北大學、由張平沼會長捐贈的八百多棵「心湖櫻花林」舉辦。會長祕書林守仁先生辛苦籌劃了很久，想趁著會長返母校領「校友終身貢獻獎」之便，召開第一次籌備會。

二　花博突襲

誰又能想到，南下高鐵經過臺中站時，張會長忽然想到：花博十一月開幕，次年四月閉幕，如果時間錯過了，便沒機會共襄盛事。然而，北大櫻花林同學會如果延緩一年，櫻花仍然長在那兒，也許還會開得更茂盛，所以六十一周年同學會便暗自預定先在臺中花博召開，但仍然要交由籌備會討論議決。

一〇七年十二月八日，也就是屏大第五屆校慶前一天的下午五點，在鮪魚家族大飯店包廂召開第一次籌備會。林祕書把詳盡的北大櫻花林同學會計劃，分別攤在籌備委員面前，等大家坐定後，張會長先問大家去看過臺中花博沒？大家都搖搖頭。於是，他把高鐵車上的想法提出來，請共同提出意見。與會委員聽後，都甚感認同，無異議通過。

三　集思廣益

因為事出突然，只得集思廣益，充分溝通，初步決定：一、臺北大學賞櫻計劃保留，延後一年實施。二、同學會預定在一〇八年三月下旬舉行，但要排除星期假日、週一、五舉辦，讓參觀、坐車避開擁擠人潮。三、據去看過花博的人回來透露：展區太大，人又多，擠得要命，即使三天三夜也看不完，太累人了。同學年歲已高，如果真的要好好看花博，實在不堪如此勞累，所以得到一個共識：同學會以見面、敘舊為主，看花博為副。在花博附近找一間可供開同學會的餐廳，沐浴濃濃的同學情之後，吃個飯、照個相、坐上專車、找個特殊景點逛逛。然後只能握手的就握手，可以擁抱的，便抱一抱，然後道聲「珍重再見」、坐上高鐵、打道回府。一天愉悅溫馨的同學會，滿心感恩的劃下句點。

四　定槌花博

第二天，屏大校慶結束後，校友總會理事長四八級陳哲男，出面邀請與會校友在晶滿宴席廳聚餐。四七級熱情相挺、分享張平沼得獎榮耀的同學，連同眷屬共有五桌。為了不增加校友總會財務的負擔，紛紛踴躍樂捐餐費。據說，現場捐獻收入，不但可抵銷開支，還有結餘存入基金會。

在聚餐中，我逐桌告知同學：明年同學會地點，擬改在臺中花博舉行，並當場來個民意調查，是否贊成？結果只有丙班陳清富去看過花博；另一位南部同學老早已預約北漂孩子賞櫻的事，其他的同學都很樂意的投下「贊成」票。我把這個結果告知平沼，平沼當場指示林祕書：同學會確定改在花博舉辦，並要求籌備工作及早展開。

五　心動、感動、行動

這次的籌備工作，全由臺北的林守仁秘書一手策劃、主導，無論接洽餐廳、會場、遊覽車、花博參觀動線、照相、錄影、早餐禮盒、伴手禮，以及同學會活動程序設計、回條等。只有邀請函是由張會長親自操刀；邀請函的頭一句「千呼萬喚年度盛事——屏師四七級一甲子＋一周年同學會終於來到！」這種筆鋒多犀利，令人悸動；接著寫出開會日期、地點，及精彩的活動項目、頂級招待，令人閱後心動不已。

函末的那一段：「謹此誠摯邀請所有窈窕淑女及翩翩少年郎，攜家帶眷共同參與年度大團聚。讓我們一起期待老同學們再次相聚時那種驚喜、興奮的愉悅與心情！親愛的同學，您一定要來參加！我們在璀璨繽紛的臺中花博張開雙手，擁抱您的光臨！」這段呼喚，即使有再多的不方便，也會怦然心動，感動得想參加，毅然決然付之行動。

六　完美配合

在這短短不到一個月籌備期間，我和校友服務組隨時配合北部的作業。林祕書只要有什麼疑難雜症或工作案件出爐，都會傳訊息給校友服務組，吳組長再與我商量、討論、補強，至盼每一環節都能盡善盡美，讓老同學們樂於走出來同學會。例如：住在屏東鄉下的同學，當天一大清早如何抵達新左營站坐高鐵等細節，都商請各班召委分別協助。

十二月底，所有的前置作業皆已就緒，代表祥和的粉紅色紙也印出了邀請函、活動程序表、大會程序表，以及設想周到的回條加回郵信封，準備元旦假期過後郵寄到同學府上。期待元月底、春節前回條寄到寒舍，以便過年假期彙整、編號、分類、統計，把結果傳輸給林祕書，好完成後續作業。

七　回條傳情

接收回條這段期間，原本平靜無波的退休生活，難免掀起了些漣漪。每當從信箱取出一疊信件時，那種既期待又怕微微失望的心情，當剪刀剪開封口的那一剎那，最為強烈。有些同學填寫完該填寫的欄後，還不忘給我寫些打氣加油的話語。例如：乙班的吳連弟：瑞景兄！辛苦了，謝謝你。丁班的林素美更有佛心：瑞景同學，辛苦您了，非常感謝！素美敬謝。更令人感動的，連兩年她住在地楠梓的玉荷包盛產時，為了替果農「貨出去」「發小財」盡一份心力，自掏腰包慰勞我們幾個召委連楊貴妃都愛吃的香甜美味荔枝。

其實為同學會盡一份心力，我並不覺得辛苦，反而很享受這個過程。我幾乎可以想像每一封回條的背後故事，和所蘊含的濃郁同學情。像早年屏東仁愛醫院院長乙班卓炳雄，畢業五十週年出現後到現在不曾謀面過。這次寄出邀請函第二天一大早就接到他的電話，說了許多對同學的思念、現在的身體狀況，不克參加的回條編號是NO.1。（可惜呀！今年七月底已下了人生列車）；遠在基隆的乙班楊祖慰，當我看到歪歪斜斜、塗塗改改、筆劃零亂的字體時，心想：不妙！果然在回條的最下端有一行半寫道：弟近日大病一場、小病四場，無法出門，敬希諸兄妹見諒。當下默禱楊兄早日硬朗起來。也盼望同學多予關懷溫暖。

由祖慰對同學會的執著，使我想起這次連回條都不肯寄回的三十一位同學（旅居海外因郵資不明而無附回郵信封的三位同學除外），相形之下應該多少會覺得「汗顏」吧？！但願明年三月的賞櫻同學會大家同心協力、熱情參與。

八　感恩珍惜

今年花博同學會總共收到一〇一封回條，結果有六十四位同學帶著五十四位眷屬參加，三十七位因各種因素不克參加。最值得高興的是余兆敏導師帶著很少出門的師母、由兩位千金陪著，和南部同學一起坐車北上參加；遠在澎湖白沙灣的丙班曾長文帶著兩位眷屬跨海來到后里同學會，令人感動。

三十七位不克參加的同學，經各班召委的聯繫得知，各有其難處：例如戊班的洪錦枝、王玉里原本報名攜眷參加，後來另一半忽然身體出現微恙，不得不留下來陪伴；甲班的慶郎攝護腺肥大頻尿、榮宗步履欠穩健，擔心無法勝任逛花博；乙班林祖用行前打電話給我，視力欠佳怕夜晚回家找不到回家的路。以上林林總總肇因於我們享受嵩壽幸福人生之餘，老天爺偶而安排一道酸辣菜嚐嚐，未嘗不是件惕勵。所以不必怨天尤人，我們只能心存感恩、幡然覺悟：趁著還能動、還能走，加上我們有幸遇到這麼熱心好施的張平沼同學，促成每年一次同學會，怎能不珍惜？怎能平白錯過可以延年益壽的同學會？

九　期待賞櫻會

今年花博同學會前夕，我收到了北大校友總會寄來的《心湖櫻緣》紀念專冊。整冊封面的櫻花照，美得真讓人屏息羨艷，愛不釋「眼」；雖然比不上日本櫻花的花團錦簇，但是生長在自己國土的吉野櫻，卻有一番「美」味在心頭。看到題名為〈繁花〉照的題詞：我穿花拂柳/驚見你　燦爛的容顏/盛景與深情/卻不需再多說。啊！是的，不需要再多說，眼前我的心已在北大的櫻花林了。

因為太期待明年三月的賞櫻同學會，所以在花博同學會那天，我隨機和各班召委研商、和會長溝通，初步得到幾點共識：一、選擇櫻花盛開的假日，好讓同學的子女、孫子輩不用上班、上學，扶老攜幼參加猶如親子活動的同學會。二、中南部同學坐高鐵北上，在板橋站下車與北部同學會合，然後坐接駁車到臺北大學。三、只要有心想要參加，無論有什麼困難，籌備會一定會設法解決。除了電話聯繫外，回條上也增設「留言告白」欄，以便個別協助成行。

十　請下決心參加

南部同學北上參加同學會的方式，大概可分為三類：

一　居家出門搭高鐵方便的同學，可一日往返，省事省時。

二　子女親人在北部方便住宿者，可提早一日北上，第二天結伴參加同學會。

三　北部既無親人、去高鐵站搭車又諸多不便的同學，可及早告訴籌備會，我們安排北部同學接待，或請附近同學支援，甚至於共包計程車到車站。

總之：只要心中有同學情，天大的困難也阻止不了參加同學會決心。您說：是不是？

原刊於《屏師校友通訊》十一期（二〇一九年十一月）

五　赴日參訪

記一趟多彩多姿的赴日參訪

八十六年中，臺灣省教育廳八十七年度長青專案獎助績優教育人員出國考察甄選辦法公佈後，其中第八類組是國民中學教學輔導人員赴日考察組，因為我長期擔任屏東縣國中國文科教學輔導員，八十六年度還應聘兼任臺灣省教育優先區國文科教學輔導員，巡迴六個縣市輔導國文科教學的績效，在眾多的競爭者之下，經縣、省的評比，很幸運的如願錄取。

這次參訪團的成員有二十三人，團長由中等教育教師研習會主任張清濱博士擔任，教育廳黃俊正省督學擔任祕書，成員中有三位博士、三位校長，以及多位縣市督學、課長、學校主任、組長、教師所組成。團員的特色都是省或縣市各科教學輔導人員，並規定至少輔導三年以上的現職優良輔導員，因為大家的興趣、專長、程度同質性高，所以參訪的過程、考察的認真深入、座談提問的精闢，以及主客雙方互動的親切、得體，頗讓被參訪學校人員留下良好而深刻的好感，無形中也替國民外交盡了一份力量。

出發

八十七年二月二十四日下午三時，全省各縣市的團員準時聚集在「中正國際機場」國泰航空五A櫃臺。搭乘CX510臺北至福岡的班機，從下午四時五十五分起飛至七時五十五分到達福岡機場。隨即轉搭遊覽車前往「豪斯登堡飯店」（Hotel Den Haag）休息（時間撥快一小時）。

住進飯店已近晚上十一時，可感受到這裡的寧靜與舒適，日本地區雖無「星級」飯店之分，但其服務品質的要求，卻令人十分感動。整潔、禮貌、效率是他們嚴格要求的項目，雖流於制式，但不可諱言的，卻也是其敢自誇的，「品質保證」的原因。我更發現飯店的服務人員，絕大多數都是笑容可掬、衝勁十足的二十歲上下、穿著制服的年輕日本人，和國內飯店大多數是中、老年人截然不同。二十歲的小伙子，在國內正是讀書、享樂的年齡，在日本卻是忙著打工賺錢，規劃人生的時機。從年輕人的身上，可不難預測兩國未來的前景，想來不禁令人不寒而慄。

遊九洲豪斯登堡

次日早餐後，步行鬱金香街道至「荷蘭皇宮」參觀，接著進入「大海體驗館」、「洪水來襲館」、「宇宙帆船館」等遊樂設施，親身體驗船上的乘風破浪、驚心動魄的模擬海員生活，並爬上德姆特倫高塔，鳥瞰九洲景緻；坐船遊運河，看風車、荷蘭建築，下午搭渡輪赴「荷蘭村」，遊歷未來世界、鬼屋、迷宮及小精靈幸運館等各種遊樂設施，也觀看了「威廉王子號」木造戰船。盡興之後，已近傍晚，便搭車前往福岡市，住進市中心的NEWOTANI大飯店。

在豪斯登堡一天下來，印象最深刻、值得國人借鏡的，有下列幾點：

一　重視環保

以曬乾的花草當著香料，以替代香水；許多建築材料以石頭為主，不破壞大自然的景觀；室內外盆景以樹屑作裝飾，並兼做肥料。

二　境教出色

街道整潔，維護良好，兩旁種植鬱金香等花木，經常保持三十萬枝以上。建築物室內設備高雅，身處其中，肅然起了愛惜、敬慕之心，實在值得國人學習。

三　「一分不差」的精神

據領隊告知，當初豪斯登堡宮殿仿荷蘭皇宮興建時，因外牆磁磚尺寸比原件少了一公分見方，不惜犧牲四千萬日幣，打掉重建。

日本的兩性教育

二月二十六日是我們正式參訪考察的第二天。早上八時四十分依約準時到達福岡市中央區的警固中學校，該校安排二節（每節五十五分鐘）的活動時間。第一節參觀「道德教育」示範教學，第二節懇談會（協議會）。

參觀分一、二、三年級三組。一年級的主題是「兩性教育」；二年級是「堅強意志力培養」；三年級是「人生最重要之事為何」。由以上三個主題來看，就可以大略看出日本道德教育的端倪，和國內「公民與道德」課程內容來比較，我們實在需要迎頭趕上。

參觀時，我選擇一年級為主，二、三年為輔。一年級「兩性教育」是由該班的年輕女導師擔任，她把兩性交往就像赤果成熟後（人體重要部位發育成熟），很自然便產生互動的一種關係，她認為國中生開始有異性朋友是正常的，據她當場調查，全班有十一位有異性朋友，二十八人則無。她為了鼓勵男女學生正常交往，還花了不少時間闡述自己從幼稚園開始怎樣愛慕男孩子起，到少女時暗戀同學、成年後怎樣戀愛、結婚、生子。懇切大方的鼓勵學生開放心胸，勇敢的面對異性，學習處理互動的情愫，迎接即將到來的兩性關係。

筆者回國返校後，在我教的兩班一年級輔導活動課堂上，也仿照日本的模式調查發現，在四十來個學生中，有異性的朋友的學生有一班是十五個，另一班是十三個。由此看來，我國的兩性教育的重要性，實在不遜於日本。

無鐘聲無廣播的學校

二十七日下午二點，我們一團人來到五日市南中學校，因為考試下午停課，所以主要和村田守孝校長及其幹部進行座談。該校成立至今共二十一年，學校共有十八班六三八位學生。學校最大的特色是全校上下課沒有鐘聲，也不用廣播，完全由師生自己看錶，該上課時就上課，該下課時就下課，培養學生自律、自治精神，自尊、自重的態度，其目的在推動自主性的教育。

這種「無鐘聲」的學校，在國內相信除了山地離島只有一、二班的分校、分班外，大概找不到那所學校如此實施。所以大伙兒都覺得很好奇，問題大多在這方面打轉。村田校長指出：沒有鐘聲的拘束，可以完全讓學生自主思考的空間，就像無鐘聲的家一樣；利用適當的公告替代全校性廣播，一來減少干擾他人的自主性，二來養成凡事關心的習慣。實踐的過程，難免有「陣痛期」，自愛自主性薄弱的學生，交由學生自治小組督促學習及行為偏差之改善，學校本身不輕易處罰學生，而是藉由同儕團體進行約束工作。如果仍然無法奏效時，才由生活指導主任出面和家長溝通、協助。目前全校六百多位學生中，列入個案輔導的才三、五名，最近人數可能有減少的跡象。

下午四時參訪結束，即驅車前往和平紀念公園，參觀原子彈爆炸死難者慰靈碑，及原爆遺留建築物遺址。當看到陳設之慘狀事物，真是怵目驚心，每個人的心中想必是祈求上蒼，戰爭的災難不要再度降臨人間。

升學壓力在日本

三月二日下午二時，參觀完了天守閣，我們一行來到附近的大阪市立東中學校，校長池村忠之先生陪同大阪市教育局督學澤田壯陽子先生參與訪談會，大伙兒覺得機會難得，所以集中火力請教日本的輔導制度、情形和功能，尤其是臺北縣教育局梁坤明督學，彰化縣教育局曾榮華課長、臺中市教育局國語指導員陳桂芬老師，更是頻頻發問有關縣市教育局與學校之間的互動關係，要如何拿捏的問題，收穫良多。例如教育行政機關的功能，應以學校問題諮商和協助解決困難、溝通協調為主，而非一味的只做評鑑考核的工作；又如家長會可參與學校各項學生活動事務，但不宜干涉學校行政與人事問題，而我國目前家長會可參加校務會議及教評會的設計，他們覺得有待商榷。

日本的國中授課時數比國內少很多，主要的科目有國語、社會、數學、理科、音樂、美術、保健體育、技藝家政、英語、道德。每天上課六節，隔週週休二日，週六只上四節，沒有課後輔導課，但是他們的升學壓力和臺灣不分軒輊，因此在座談會上，我特別站起來請教池村校長，學校方面是如何加強學生的升學指導？池村校長說：「升學是學校、家長及學生本身三方面的事。學校只能在各科上課時認真教學，開闢聯課活動（即選修科）給學生加強或補救外，並沒有什麼升學輔導。孩子的升學，家長也得分擔責任，如果孩子覺得需要加強，可上校外的補習班。」由池村校長的答覆，便可知道日本一般學校面對升學的態度和作法。可是，回頭想想國內的國中教育，升學帶給學校的壓力，那可不能「同日而言」了。

訪談會在熱烈而欲罷不能的情況下，不得不在約定的三點二十分結束，東中送給每位團員該校十周年電話紀念卡一枚及領帶夾一個，我們也回贈隊旗，分贈給校長、澤田督學、李世昌專員等由我們團員出資購買從臺灣帶來的特產禮品各一份，並在校門口賓主合照留念後，乘車前往下一站——名古屋。

目睹圓錐形大蛋糕——富士山

三月三日星期二，經昨夜名古屋CasttePlaea Hotel的充分休息後，全團八點坐上專車經東名高速公路前往箱根一小時二十分後，我們來到高速公路濱名湖休息站，該站除了提供駕駛人休息、補充體力、消除疲勞外，並結合觀光，欣賞湖光山色，讓旅客滌除身心的疲憊，真是一舉數得。

休息站的短暫休憩後，我們又上了高速公路。日本的高速公路和臺灣的國道有許多不同；日本的收費站設在各出口交流道，收費員絕大多數是年長的老男人（據說是專給想開闢人生第二春的資深國民的就業機會），機車250CC以上可以上路，都是單向二線道沒路肩的設置，沿途遇有住家必設隔音牆，最不可思議的是沿途可搭載客人。因為駕駛人普遍都能遵守交通規則，所以幾乎看不到交通警察。沿途可看到很多茶園裝設有電風扇，在下霜時除霜用，它卻成為公路旁的另一類的特殊景觀。

在高速公路奔馳了三個小時，我們來到了ＳＡ（富士川）站，大家興緻勃勃的跳下車，在川邊遠眺日本第一大名山——富士山圓錐形的山頂覆蓋著皚皚白雪，實在是好看。聽蘇領隊說一年之中能看到富士山只有一百五十天左右，今日大家都能親眼目睹它的雄姿與美麗，總算不虛此行。等大伙兒擺好姿態準備照團體照時，一團棉絮似的烏雲，又把害羞的富士山來個「猶抱琵琶半遮面」，害得好多人哇哇叫。好在，富士山在往箱根的方向，所以車子越走，我們越看得清楚、真實，就好像一個奶油大蛋糕擺在我們眼前似的。隨車服務的日本老先生，讚嘆的對我們說：「我活了一大把年紀，長年住在日本，從來就沒有像這次把富士山看得這麼清楚，你們真有福氣呀！」

觀賞雕刻森林公園及海底世界

三月三日中午時分，我們抵達箱根國立公園，用完午餐，便搭乘海賊船遊覽蘆之湖。海賊船外型雄偉，色澤富麗，是模仿中世紀的海盜船所建造。站在甲板上遊賞湖濱風景，享受高山湖泊帶來的沁涼，眼前湖光山色，真令人心曠神怡。

下船後，全車開往雕刻公園，山路宛延，景緻變化多端，真有「柳暗花明又一村」的感懷。二點多，世界聞名的戶外雕刻公園，就坐落在眼前。

雕刻森林美術館是一座野外式的美術館，於一九六九年八月正式開放，視野遼闊，如能春夏造訪更是綠草如茵，大自然的雄偉和人類雕塑藝術的優美相映成趣，構成一幅人間難有的景觀，予人無比的震撼。即使看不懂所謂的「藝術」，但總可以讓「藝術」來薰陶你的心靈。看到多功能經營方式的箱根雕刻公園，使我聯想到國內的旅遊業者，除了娛樂之外，是否該將教育功能融入其中，負起一部份教育大眾、提昇生活休閒品質的責任，值得大家深思。

傍晚時分，大家拖著疲憊的身子，興奮的進入靜岡縣熱海市的Chateau-Tel

Akanezaki旅社，因為期待已久的「泡溫泉」，馬上就可以儘情的享受了。

經過幾次熱騰騰的溫泉洗禮，和一夜舒適的休息，第二天我們又精神飽滿地上路了。十一點多，大伙兒抵達橫濱八景島海底世界。這裡是全日本最大規模的新式體驗型水族館，以促進人與海洋的「藍色溝通」（Blue Communication）為宗旨，讓遊客前所未有的親近海洋。高達三層樓的巨型水槽彷佛是遼闊的大海橫切面，數萬隻熱帶的海魚悠游其間，儼然是壯麗的海底世界。在一樓到三樓的電扶梯直上時，又好像從海的中心穿過同樣的海底隧道，那種感受宛如置身海底世界一般，令人印象深刻。

隔壁館的「海洋動物秀」，演出精彩，博得在場觀眾掌聲不斷。海豚、海獅等動物在訓練師的要求配合下，做出跳躍、頂球、投籃等高難度動作，不禁令人想到教育訓練的過程，動物都可以在獎賞的誘使下，經過無數次的練習後，不也達到訓練的標的？而我們在教育學生的過程中，如果多利用適當的獎勵、適時的讚賞及適量的練習，相信必能讓學生學得快樂，進而達成學習目標。身為教育工作者的我們，是否也能從中學得啟示呢？下午三時半，伙伴們來到中華街，沿途可看到熟悉的中國字、聽到熟悉的音樂，聞到熟悉的飯菜香，彷佛置身國內一樣。可惜東西實在不便宜，一個大肉包居然叫價八百日幣（抵臺幣二百元）。一條百公尺長的街道，我們足足逛了一小時，才依依不捨的搭車往東京駛去。

參訪國立教育研究院

三月五日早上九點從住宿的（Grandpalace）飯店出發，前往日本國立教育研究所參觀訪問，比約定的十點提早了幾分鐘到達，由企劃調整部長秦明夫接待並簡報。該所設立於一九四九年，是研究教育有關理論與實際，基礎研究調查施行的機關。研究人員有七十名，庶務人員二十名，共計九十名。由於近來日本中學生暴力事件頻傳，這方面成為日本教育界關注的焦點，因為我國青少年暴力事件發生較早，所以在主客交談請益發問中，日方反而向我方請教防犯與處理的經驗。張團長、黃省督學及幾位校長都是這方面的專家，都分別作了詳盡、完善的報告，在座的主人頻頻點頭，折服不已。接著參觀該所圖書館、資料室、資訊設備，也得到了許多想要的該所研究的成果報告。

國內教育部常叫嚷要設立教育研究所，可是迄今都還沒影子。然而我們鄰國日本卻已運作近五十年，戰後日本民生凋弊，百廢待舉之際，有眼光和魄力在教育方面進行改革，設置研究機構，促使國家快速重建，名列世界經濟大國，並不是偶然，與國內憲政機構取消憲法教科文預算下限的規定作法，形成強烈對比，此點值得吾人深思。

遊鐵塔　看神宮　坐地鐵

接近午時，團員一行前往東京鐵塔，中午就在一樓用餐。鐵塔高三三三公尺（比巴黎鐵塔高三公尺），兼作娛樂及電視廣播之用；塔內有許多展覽室、小商店，上層一二五公尺處有展望臺，登高望遠，景色悅目，東京全景更是一覽無遺，天氣晴朗時更可遠眺富士山美景。餐後，大伙兒排隊分搭電梯上高塔遼望臺觀賞東京全景，當時在一樓時正在下毛毛雨，可是到高塔望外看，卻是雪花飄飄，真是怪哉！問問身邊的同伴，為何有如此現象？他也一臉茫然，後來細細想來，大概是高空冷，下方因地熱關係，由高空的雪花，到了下面就變成雨水了。

下午三點我們又來到明治神宮，它是獻給明治天皇和皇后的一座神宮，位在森林茂密面積七十二萬平方公尺寬廣的園地之中，古樸純真，一直保留原始風貌，絲毫未遭到現代文明的破壞。反觀國內對於列入國寶級的古蹟文物之保存維護，卻遠不如日本，致使重要文物不是年久失修，便是破壞失落，看看別人，想想自己，不禁令人唏噓。

此次參訪團的行程，沒安排新幹線及地下鐵的乘坐。我們參訪的據點密集，路程不遠，坐新幹線是有困難，可是地下鐵沒坐過，那將是此行的遺憾。黃秘書便邀集了需要嘗試的十幾位團員，吃過晚飯後請蘇領隊帶著我們去地下鐵車站，從投幣、買票、進站、驗票、找錢等都由自己來。日本車站的購票機真神奇，一千元紙幣依規定送進去，零錢便找得一毛不差，更不可思議的整個車站居然看不到一位站務人員，全由電腦機械代勞。難怪日本失業率居高不下，鐵路事業不賺錢才怪。當晚從新宿回來時，正好遇到下大雪，我們這群大孩子高興得撐著傘在東京街上吼叫說：「棒啊！」「爽啊！」「讚啊！」的，因為這是大家第一次的雪中街頭漫步吧！

看動物、拜觀音、逛銀座

三月六日一大早，全團前往上野動物園參觀。上野地區是一般庶民、平民百姓居住的地區，生活水平比起銀座地區便宜許多。園內動物不多，比較特別的是有二隻可愛的貓熊，是當年中共和日本建交時送給日本的。有人問起這二隻貓熊叫什麼名字時，有位團員俏皮的說：「公的叫政治，母的叫外交。」妙哉斯言。

接著，大伙兒來到淺草觀音寺，寺址在淺草地區的中心，是東京都內最古老的寺廟，類似萬華龍山寺地區。

下午二點，我們來到皇居二重橋。皇居位於東京正中心的皇宮，原本是德川家康幕府政治中心的江戶城，在明治天皇復辟期，成為天皇官邸並稱為東京城。二重橋正如其名，是兩座相重疊的橋，其中一座是鐵橋，另一座是石橋，又稱眼鏡橋。二重橋的名字源於鐵橋的前身，最先的木橋有上下二層，因而被稱為「二重橋」。

離開皇居二重橋後，我們又去了銀座地區，由考察團搖身一變為「採購團」。銀座是日本第一條仿照倫敦麗晶大道的西式散步便道，也是有名的高級商業區，白天是忙碌的工商區，到了夜晚則變成複雜的娛樂區。可惜參訪的行程緊湊，無緣親身去體驗銀座的夜生活。

刺激好玩的狄斯奈樂園

三月七日星期六，今天是到日本來參訪的最後一天，明天就要打道回國了，每位團員的心中，真是五味雜陳。所幸今天有壓軸好戲——暢遊狄斯奈樂園，多少沖淡些彼此間的離愁別緒。

九點多本團的遊覽車緩緩駛入狄斯奈的園區內，小客車停車場上，整片滿滿的都是車，想必今天是星期六，曰本人的週末，不少日人趁此冬季過後的大好晴天，高興的扶老攜幼，情侶成對的到此遊玩。果然進入園區後，領隊蘇先生帶領我們玩的第一項加勒比海海盜船，足足排了二十多分鐘，接著第二項叢林奇航、第三項小小世界也是人滿為患，最可怖的該是第四項太空山，不僅人多嚇人，連乘坐的太空噴射船，（雲霄飛車）更是嚇死人了。恐怖歸恐怖，興頭卻也玩出了，我們這群七、八位死黨認為：最恐怖的都已被擺平了，其他的也就不夠看了。所以我們結伴又玩了第五項瀑布探險，整條船從一、二十公尺高的河床垂直跌落下來，那種驚嚇一輩子也難忘懷。那跌落時的一剎那，園方還拍照掛在出口處，供人選購。

中午在馬路旁席地而坐，欣賞花車遊行。隊伍由音樂隊前導，接著卡通城的主角分別亮相了；有小飛俠、白雪公主、小木偶、小飛象……等，真是美不勝收，歷時半小時，在大家意猶未盡下結束。接著大伙兒又去玩了幾項較知性的立體電影、科幻劇場等項目。四時以後，海風加劇，寒風刺骨，活動重心由室外轉移到室內，從小戲院、畫廊、手飾、糖果店起逛到玩具王國、故事書、紀念品店等地方，處處萬頭鑽動，充分展現出經濟強國的實力。

神社公園踏雪　返國

三月八日是返國的日子，起床後看到處處積雪未消，我和同居人莊明仁校長結伴去附近的神社公園踏雪看雪景。七時半回到飯店用過早餐，九點整理好行李，十點多上車前往機場，搭乘十五：四十分的班機，延誤至十六：十五分起飛，返抵臺北已是十九：十五分（臺灣時間），大家離情依依，難分難捨地結束這趟精緻難忘，且愉快的日本之旅。

原刊於《六堆雜誌》第六十八、六十九期（一九九八年八～十月）

六　屏東大小事

馬上補是奇蹟　但願再接再厲

五月的梅雨，使各地的馬路，出現了坑坑洞洞，有關單位剛派人修補完畢。今年的第一個颱風「南施」，又接踵而至，馬路的坑洞，更變本加厲，使行人、車輛有寸步難行的感覺。

當「南施」遠颺後的第三天，天剛剛放晴，中午下班回家，一路上的坑洞不見了。從廣東路拐進我家的巷道時，更發現奇蹟出現了，這條原本像月球「寧靜海」那樣凹凸不平的巷道，過去只見大砂石車出出入入，從未有人肯費心修補的十米馬路，出乎意料的也用柏油補平了。

憑良心講，我已經好久沒有這樣地感動過；因為多年來，已經習慣了地方機關做事「牛步化」的行政效率。譬如，我有一位住在日新巷的親戚，他家在縣長選舉前，就已裝設好的自來水工程，到現在已經有七個多月了，挖壞的柏油路面，遲到現在還沒舖回去。

因此，這次「霹靂小組」的馬路修補「閃電行動」，令人有耳目一新的震撼和感動。這不知道是那一個單位？是由什麼人指示、策劃、推動的？至盼有關單位的行政首長，能查明給予適當表揚，並公佈出來，使各機關「馬上辦」的工作效率，能落實到每一位公務員身上。

原刊於《屏東週刊》三六七期（一九八六年七月十三日）

對學生不能說謊　處罰後也要安撫

鶴聲國中「罰跪」事件，喧騰一時後，最後的結局，似乎是受委屈的呂老師，受到各界的慰問而落幕。

由各報紙及《屏東週刊》的報導，可以肯定的說：呂老師是位「負責盡職」的老師。但是，我想在落幕之時提出兩點看法，給為人師者作為參考。

一、面對學生不能說謊：「罰跪」事件爆發之初，學生氣憤得指出老師處罰學生長跪，老師卻堅決否認，等事情鬧大後才承認。這對一位好老師來說，未必不是個瑕疵。

二、處罰要適當，事後要懂得安撫；頑劣學生不是不能處罰，但處罰之前，一定要讓他們打從心裏，明白自己的行為該罰，如此才能達到教育的目的，減少類似事件的發生。

原刊於《屏東週刊》第二六四期（一九八四年七月八日）

留縣升學又一章　替屏女爭取好校長

最近，地方上紛紛傳說：屏女羅校長即將退休，準備到澄清湖畔的某工專去當教授。

如果這傳說屬實，地方人士最直接的反應，除了感激羅校長近二十年來，為地方子女教育奉獻的辛勞外，便是由誰來接棒，好重振屏女二十多年前的升學「雄風」。

屏中蔡校長自從今年二月初接長以來，為了恢復過去升學率「全國十強」的決心，全心投入，銳利整頓，全校師生全力以赴，如今的表現，頗令地方人士激賞。

蔡校長曾不只一次的在公開場所堅定地說：凡以六百分以上，或不低於建中、雄中錄取分數考入本校者，三年後保證把他們一個個送上國立大學；至於五百分以上進入屏中的，升學率絕不輸給外縣市的明星高中。

屏東的子弟，男生升大學的管道，由蔡校長坐鎮，屏東人沒理由不放心。可是女生的升大學管道，卻是叫人憂心忡忡，不知如何是好？

今年二月初，教育廳發令派溫興春校長返潮中時，家有國三資優女生的家長，無不惋惜道：溫調屏女，才是上上棋。例如屏中有位老師的女兒，在市區某明星國中，每次模擬考，都是名列前茅。當他得知這消息時，便曾說：「早知道溫校長會派到省潮中，無論有多困難，我也會聯合地方上有頭有臉的人，一起到教育廳去爭取派屏女。」如今，他的女兒不得不讀北一女，每晚只有「抬頭望明月，低頭思父母」的份了。

我有位同事的女兒，目前就讀市區國中三年級，幾次模擬考下來，成績都在六百五十分左右。問他準備考那裡，他無限哀怨地說：「等寒假過後，看看由誰接掌屏女再說吧！」

據說《屏東週刊》在省教育廳很受重視，像蔡、溫校長之所以會接掌省中，《屏東論壇》的鼓吹，不無功勞，所以我特地寫此拙文，再度呼籲屏東地方人士，多關心女性子女的升學問題，齊心向教育廳爭取好校長來接屏女，使貴刊呼籲了好幾年的「留縣升學」運動，真正有落實的一天。

「雲門舞集」門票為何不義賣？

三月二十五日中國時報屏東版有篇報導指出：三月二十七日在中正藝術館演出的「雲門舞集」，門票一千多張，在二十四日上午八時起，不到半小時，被一大早就去大排長龍的民眾索取一空，向隅民眾怨聲四起，懷疑主辦單位有循私送人情之嫌。

看完了這則新聞，我有幾點感觸，希望披露：

一、從民眾一大早排長龍索票的情形來看，屏東人的藝術涵養，的確是提昇了。往後的藝文活動，只要多安排較高水準的節目，相信再也不需要強迫學生去當「基本觀眾」了。

二、像「雲門」如此高水準的演出，屏東人想去觀賞的，至少萬人以上。主辦單位只安排演出一場，能如願的民眾只有一千多人，把近萬人的「想看」民眾，不是吊足了胃口？

三、在上班時間，要民眾去排隊索票的方式，值得商榷；因為這分明是判決「上班人」出局。

四、一千多張票，半小時便分發完了，這種「公家」的工作效率，令人懷疑，政府的「公信力」，又一次受到打擊。

五、透過學校，向學生伸手要錢的樂捐、義賣、門票費等，常常困擾著清高的老師們。像「雲門」這樣的節目，既然有這麼多民眾想看，只要票價合理，何不以公開「義賣」方式，來充實社會福利基金，或作為冬令救濟基金。

原刊於《屏東週刊》二五二期（一九八四年四月十五日）

幫助人卻被趕下車　國光號欺負屏東人

四月五日中午，我有位同事鄭老師，陪著就讀臺北建國中學的兒子，到臺灣客運站坐一點半的國光號汽車。

春假剛結束，上臺北的人很多。車子進站了，母子倆合力把行李放進行李箱。這時，來了一位年邁的老人，行李箱已擠滿了大包小包的行李，好心的兒子，便自動去代勞。等大功告成，擦擦手，想上車就坐，沒想到事情發生了。

「你怎麼這麼慢才來？」車掌小姐滿臉不高興的說。

「我幫別人安放行李。」兒子怯怯地輕聲回答。

「時間超過了，你的票已經被人補位了。」

「現在才一點三十分，怎麼算超過呢？」鄭老師看看車站的電子鐘說。

「那是開車時間，你們坐下班車吧！我們要開車了。」

「求求妳，讓我坐這班車，不然，我趕不上時間了。」

「不行！沒位子了。下去！下去……」

「好心的阿姨，求求妳，求求妳……」兒子眼淚汪汪懇求車掌施恩，只差一點沒跪下來。

在車門下階的鄭老師，看到兒子這麼傷心，急忙爬上一階，也替兒子好言求情。可憐的母子倆，結果還是被狠心的車掌趕下車。

車子向前開了幾公尺，也許是司機想到了：不對呀！行李還在車上。所以車子停了下來，門開了，車掌小姐急急忙忙地把鄭老師的兒子拉上車，車子再度開走了。

四月十八日起，鐵公路的票價漲了，說什麼要提高服務品質，像上面這班車的服務，那有品質可言？寄語從事服務業的先生小姐們，希望你們從事服務工作時，多替顧客想想，誠誠懇懇地對待顧客，千萬別把「屏東人」當成「憨人」了！

原刊於《屏東週刊》二五六期（一九八四年五月十三日）

華山豐田里　滅鼠毒餌未發

元月九日晚上看電視新聞時，新聞播報員說：「從明天起，到十六日止，是全國各地的滅鼠週，相信各位家中都已收到毒餌，希望各住戶……。」

長久以來，我家中常受老鼠的肆虐，雖然經常三兩天，可以用捕鼠器抓到老鼠，但始終無法根絕，因為除掉了這隻，另一隻又會從別處來。因此，時時盼著「滅鼠週」快來。

可是，很納悶，很遺憾的，滅鼠週已經去了一大半，卻還沒收到毒餌，鄰長家跑幾趟，都被「鐵將軍」擋了回來，打電話到里辦公室查詢，他們也打哈哈地說：「已分配給鄰長了，我替你查看看。」經驗告訴我，「查」是遁詞，是不會有下文的。

問問只有一巷之隔，住在豐田里的大哥。大哥聽了我的埋怨，他也氣呼呼地說：「我這邊的情況，也沒好到那裡！許多通知都不轉。去年實在氣不過，跑到那鄰長家吵了一陣後，三戶才給兩小塊老鼠藥，好像要留給家人用似的！今年我懶得去吵了。」

我們的政府，無可否認的，的的確確很想多為百姓謀福利，因此設計了很多好的施政，可是往往政令到了基層，不是大打折扣，便是胎死腹中，到頭來，好像政府什麼事都沒替百姓做過似的。

原刊於《屏東週刊》三四三期（一九八六年一月）

〈我的客家夢〉讀後的心中話

拜讀了《六堆雜誌》五十六期立法委員林郁方先生〈我的客家夢〉之後，內心有許多話想一吐為快。

我的第一句話是，內心深受感動：自從增額立法委員選舉以來，六堆地區產生過不少的立法委員，能像林委員為了保護客家文化命脈，增進客家人的權益，從小就懷抱著許多「客家夢」，而且隨時隨地想努力圓夢的實在不多。尤其是火車上沒有客語廣播，而甚覺客家人被忽視，引為「令人難受的經驗」，其對客家的真情，真是令人欽佩。

我的第二句話是，鍥而不捨的問政精神令人佩服：林委員為了火車上的播音服務，能平等待我「客家人」，一次又一次的在立法院院會向連戰院長質詢，並使其無法施展「太極拳」招術，終於同意林委員的建議。更緊迫釘人地要徐立德副院長、交通部長劉兆玄立刻交辦，下令省交通處、鐵路局，甚至承辦的業務課長，也是客家鄉親廖文廣也被釘上了。這種鍥而不捨的問政精神，相信只要關心客家人權益的鄉親，沒有不感到佩服的。

我的第三句話是，多爭取對客家權益有實質幫助的法案和事物：爭取火車上也能播放客家話，其象徵性的作用比較大，無非是在喚醒大家，在臺灣除了北京話、河洛話以外，別忘了還有客家話的存在。坐過長途列車的人都很清楚，火車車廂上的播音，不但語速快、咬字不清，而且個個顯得不耐煩、草草應付例行公事似的，我很懷疑有多少旅客聽得懂、實際受惠又有多少？不僅產生不了什麼作用，反而是影響旅客安寧，擾人清夢。所以改善車廂播音的品質，到站分別播音才是正途。除了車上播音外，售票口買票時所使用的語言，最好也能特別標明，以示尊重各族群的母語。例如「本窗口可使用國語、閩南、客家、原住民話」或「本窗口只限使用國語、閩南話」等。屆時我到車站買票時，真的可以使用客家話，那才是「快樂得不得了」。

我的第四句話是，請全力剷除屏東對外交通的瓶頸，才是最有價值的工程：說到火車上播音，很自然的就會想到屏東的交通，六堆客家族群除了美濃，絕大多數生活在屏東，屏東所以會這麼落後，最大的原因就是對外交通到處都是瓶頸。像坐火車北上，到了高雄幾乎都要換火車。每次一面提著笨重的行李，一面擔心著會不會走錯月臺，上不了火車？辛苦的在地下道走下爬上。年輕人還好，年紀大的那個不氣喘如牛？這一耽擱至少要半小時，來回不就要比高雄以北的旅客平白多花了一小時多。如開車、坐車北上，到了高屏大橋、鳳屏公路上，除了深夜以外，那個時段不塞車？尤其是高屏大橋上，一堵就是半小時以上，而且險象叢生，人命如蟻。也許有人會說：坐飛機不就沒瓶頸！但是我不禁要問：屏東機場的飛機是那種機型？不但機型小得可憐，坐上去還真是擔心受怕，而且票價比小港機場的大飛機還貴上一半。因此，我每一次北上，不管使用什麼交通工具，內心就有一股悲涼湧上心頭，深感當一個屏東人實在有夠悲哀，只恨自己手中沒有像林郁方委員那樣有權勢，可以扭轉、改善這種悲哀。所以懇求手中握有大權的屏東民代及大官諸公，請您們同心協力，全力剷除屏東對外交通的瓶頸，來造福屏東人的子子孫孫，那才是功德無量啊！

原刊於《六堆雜誌》五十七期（一九九六年十月）

高鐵延伸屏東是屏東人的願望

一〇八年七月二十二日《自由時報》「自由共和國」專欄中，刊登苦苓先生的〈高鐵延伸屏東另有妙方〉一文，身為屏東人研讀之後，感觸良多，不吐不快。

住臺北的政府官員或民意代表，初到屏東來視察或開會，見面第一句話常說：「你們屏東沒想到這麼偏遠，來一趟真的很不容易，好辛苦。」生活在繁華都市的臺北人，何曾想到：屏東人經常要往北部開會、辦事，其辛苦不知有多少倍！為什麼來一趟屏東會這麼辛苦，說穿了，還不是因為高鐵沒延伸到屏東。

苦苓文中有一段話：「即使花費鉅資，不惜把高鐵延伸到屏東，對屏東人的北上交通並沒有太大幫助。」這真是一句「練肖話」！幫助可大了，不但可帶動屏東地方的發展，而且屏東人最起碼也能像西部其他各站的旅客一樣，有尊嚴的一坐上高鐵就可以閉目養神直達目的地，不用再擔心在如同「大觀園」的新左營站打轉，換車、買票、找月臺、候車等，被折騰近一小時。因此再多的臺鐵接駁車，也無法減輕屏東人的不便和心中的不平。

基於不想沾惹轉車、遊「大觀園」的麻煩，筆者退休前後近十年間，應出版社邀請，寫書、編書、寫教科書，並被邀請到各學校演講，幾乎每週要上臺北一、二趟。我都不坐高鐵，常坐深夜的國光客運，一上車就可安心睡覺。車到臺北，天微亮了，我也睡飽了。出了站，坐上計程車到臺大附近的寓所，開始過一天的生活。在臺北教書、讀書的孩子們，常勸我坐高鐵。我說：「等屏東有設高鐵站時再坐。」

這一等，又是十年。這幾年常常叫說：高鐵要延伸到屏東。可是「只聽樓梯響，不見高鐵下屏東。」一群生活在交通便捷的北區學者、名嘴，說什麼「在商言商，高鐵是一家民營企業，本來就不該做註定會賠本的事。」（苦苓文中的論點）

大家還記得嗎？當初高鐵興建時，曾經因財務困頓，而停擺一段很長的時間。有位重量級政治人物曾批評高鐵是一堆廢鐵，不值得續建。後來謝長廷擔任行政院長時，獨排眾議，主張即使政府要花再多的錢，也要把高鐵建起來。請問，這些「再多的錢」，屏東人有沒有出一份力？如今高鐵建了幾十年，也年年賺錢分紅，為什麼始終不肯延伸到屏東？善盡一份對環島交通建設的回饋。

經營高鐵，就像經營二十四小時的超商，不可能整天都是門庭若市，總有門可羅雀的時段。高鐵亦是如此，不可能班班、站站客滿。即使屏東線起初虧本，並不代表將來不可能賺錢。

說實在的，目前的政壇，屏東應該算是出頭天了。除蔡總統外，行政、立法、考試、監察等院長，通通也都是屏東人出身。這麼多的能人，連一條短短的「高鐵延伸到屏東」的軌道建設也搞不定，不覺得慚愧嗎？難道如同民間瘋傳的是一群「草包、菜包、公事包、髒髒包」？我想，應該不至於如此吧！但願人人喜愛的、咬下去會噴汁的鼎泰豐「小籠包」趕緊出現吧！

前些日子，郭台銘到屏東慈鳳宮媽祖廟參拜時，對著屏東鄉親說：「如果我當選總統，一定馬上把高鐵延伸到屏東建設好。」可惜，國民黨初選他沒勝出，否則我這一票，為了屏東的建設也許會投給他。

最近交通部長林佳龍終於出來說話了：高鐵延伸到屏東，不僅僅是考量經濟效益問題，更重要的是為了臺灣整體軌道基礎建設網，奠定紮實的基石，為子子孫孫留下便捷的交通，是最大的考量。這種正向的主張，屏東人相信都會豎起大拇指按「讚」，往後就要看林部長的執行力了。

原刊於《六堆風雲》一九五期（二〇一九年九月）

鄉親榮譽榜

一　資料研讀得總冠軍　陳清安替屏東爭光

今年全國第二屆救國教育重要資料研讀心得競賽，獲得社會組第一名，全國個人組總錦標，榮獲謝副總統頒獎的臺中縣東華國中校長陳清安，是土生土長的屏東人，家住南州鄉，三年前，全家才搬去臺中縣豐原市。

陳清安校長是中興大學農教系畢業，先擔任屏東農校教師兼科主任七年，接著先後擔任高雄縣杉林、屏東中正國中教務主任十年；柯文福當選縣長時，並兼代中正國中校長一年半。

六十四年陳校長參加臺灣省國中校長甄試，以第一名錄取。當年暑假，被分派為高雄縣甲仙國中校長，四年後，再調任臺中縣東華國中校長。

陳校長辦學，除了言教、身教外，最重視境教，所以他每到一校，便儘量連絡家長，配合學校有限的經費，全力建設校舍，美化校園，使學校公園化，成為社區的文化中心。

陳清安是一位好學不倦的年輕校長；他擔任校長期間，利用四個暑假，完成了師大教育研究所的學業。六十九年暑假還到美國密蘇里大學研究過。

他在美國研究期間，經常推展國民外交，宣揚中華文化。他曾分別在密蘇里及聖路易大學，在二、三百位教授及留學生面前，當眾雙手左右開弓，表演書法絕技，獲得圍觀者的熱烈鼓掌讚賞。

這次陳校長的得獎，並獲得獎金二萬元，他當場轉捐給有關單位，購買「三民主義統一中國五彩畫冊」空飄給大陸同胞閱讀。

陳校長有一個美滿的家庭。夫人劉富美女士，任教於豐原市豐村國小（劉女士原任教於屏東歸來國小），長女陳姝娟，現就讀中興大學中文系三年級；次女陳姝婷，在臺大外文系二年級就讀；兒子陳季欽，在省立豐原高中一年級就讀。

原刊於《屏東週刊》（一九八三年六月十九日）

二　冷靜、創新、鍥而不捨——陳至全得省南區數學冠軍

從一年級開始，經過十次月考，三次期考，次次都考一百分的數學奇才陳至全同學，上週又勇奪臺灣省國中學生學藝競賽，南區決賽個人組數學科第一名。

此次南區決賽，總共有十個縣市，每個縣市各派十名國中二年級的精英參加角逐，代表屏東縣的陳至全能脫穎而出，很令各縣市代表及帶隊老師感到非常驚訝與佩服，也給屏東縣爭得了至高無上的榮耀。

陳至全同學家住復興路陸橋邊，目前就讀中正國中二年十九班。據教數學的導師施瑞賓說：「至全的數學頭腦，實在是一級棒。在課堂上，我從未刻意的去調教他，完全是他肯認真自學，仔細思考，勤於演算，涉獵的問題很廣，遇到疑難雜症，會自動求教老師，只要輕輕一點，他都會領會貫通，豁然開朗。

不但數學考試難不倒他，其他科目幾乎也科科滿分，尤其理化，因為和數學很有關係，所以也很突出，這次競賽，還得了個人組第三名。」

指導陳至全理化實驗的陳秋花老師說：「冷靜、認真、執著、創新，是研究科學的人，所應該具備的。陳至全在這方面，不但具備了，而且很難得的，還有鍥而不捨的精神。當老師的，能教到這種學生，實在是一件樂事。」

服務於仁愛國校，擔任音樂專任教師的許久美老師，是陳至全的母親，她告訴記者說：至全這孩子，除了身體不夠壯以外，其他方面從小都不用父母操心。有時候，看到別家的孩子，放了學，就往老師家跑，做父母的實在有點兒不放心，怕他的功課趕不上別人，所以也常提醒孩子去補習。

可是，孩子總是那句話：「媽如果怕我練習得太少，那麼儘可以到書局，多買些參考書、自修、測驗題回來，我自己在家練習研究，效果也是一樣。」

就這樣，兩年來他還沒到老師家補習過。但是，他自己看不懂的，倒是常常到學校請教施老師或高師院畢業的鄭秋定老師。

陳至全的父親陳登松，目前服務於第一銀行，擔任南高雄分行的襄理。

至全在家排行老大，底下還有一位弟弟至民，體型、個性、和興趣，兩兄弟迥然不同。至民粗壯、開朗，和他爸媽一樣喜歡音樂，對小提琴尤為癡迷，今年暑假準備考中正國中音樂班。

在課餘之暇，陳至全喜歡下棋、打籃球、收集古錢幣。問他對將來的打算時，他低下頭，不好意思的說：「想當科學家，或做醫生。」

原刊於《屏東週刊》三六三期（一九八六年六月十五日）

三　屏東第一位保送生　林文川理科突出

自從民國五十七年實施九年國教迄今，屏東縣第一位國中畢業生，無須經過高中聯考，由教育部直接保送高中的寵兒，即將誕生了！

家住屏東市民享一路六十號的林文川同學，現就讀於中正國中三年二班。參加學校舉辦的數理資賦優異甄試，名列三年級第一，經教育部審查甄選核定為七十二學年度理科資優學生，也是全屏東唯一的一位。

林同學即將參加教育部委託師大舉辦的「數理資優學生科學研習營」，經由學者專家調教觀察，甄試後，便可決定保送適合其性向、資質的高中就讀。據來校輔導林文川的師大教育心理系主任陳榮華教授透露：林同學將來如果接受教育部的保送，在就讀高中期間，每個月可獲得教育部一萬元的獎學金；讀完高二課程後，即可跳級參加任何科系的大專聯考，考上後，可依其志願入學就讀。不然，讀完高三課程後，只要通過教育部的「數理資優學生甄試」後，依其專長、性向，保送有關大學，不必再受大專聯考的煎熬。林文川的父親林肇藏，高雄醫學院藥學系畢業，現在擔任美和護專教授。母親陳滿英，娘家是醫生世家，陳慶華醫師就是她的哥哥。

原刊於《屏東週刊》三五〇期（一九八四年四月一日）

四　中正國中陳飲賢上課　學生像看精彩連續劇

自從生物教師陳飲賢老師，被選定為今年度特殊優良教師的消息披露以後，他教過的學生，同過事的老師，以及認識他的朋友，都覺得這是個明智的選擇。

陳老師服務教育界共二十五年。從五十一年起，先後擔任高雄縣杉林、屏東縣長治、中正等國中的總務主任，襄助已故黃進華校長二十年，把這三所國中，規劃成環境幽美，設備完善，教學情境最令師生滿意的學校，被屏東縣政府核定為模範公教人員「忠勤楷模」的榮譽。

黃故校長謝世後，陳老師辭掉總務主任的兼職，專力從事生物科教學及研究工作，並利用課餘時間自動義務地指導學生整理校園，種植一百多種花卉樹木，並加以分門別類，依名稱、學名、科別及性狀特徵，原產地，用途等製成「植物名稱」牌，豎於花圃成樹旁，供學生實物觀賞之用。

同時又編寫〈本校常見植物調查研究〉，並攝製幻燈片，供師生教學使用。更利用《正中少年》刊物及週會時間，撰寫或報導有關科學教育資料數篇，促進了學生對自然科學的興趣。

在學生心目中，陳老師的教學，是最受歡迎的，上課好像看精彩的電視連續劇。

最值得一提的，陳老師最近三年，指導學生研究科學創作，以「環境因子對植物感應」作一連串的探討，在師生共同努力實驗下，成果輝煌。於參加全縣科展中，連續三年均獲得第一名，全國得到第二、三名及佳作的至高榮譽。並在七十二年榮獲教育部核定為中小學科學教師入選獎。

原刊於《屏東週刊》七二七期（一九八五年九月二十八日）

五　中正國中三位客家子弟獲獎

臺灣省教育廳為了改進各科教學方法，提昇教師專業素養，推展「創造思考教學」，特地在民國八十三學年度舉辦國民中學創造思考教學技巧單元實例徵文活動。在眾多的應徵作品中，中正國中有國文科林瑞景、數學科曾淑麗、生物科陳飲賢等三位老師入選，編入專輯出版（不是競賽，不列名次）。

難能可貴的，這三位都是六堆客家子弟。林老師原籍萬巒，兼國文科輔導員，常有作品見報，此次應徵作品是利用視聽媒體指導學生作文，題目是「看影片寫作文」——獼猴爸爸。作文方式新穎，教法富有創意。

曾老師原籍內埔，是美和護專訓導主任曾秀景先生的千金。作品題目是「最佳拍檔」，其特點是教學生能運用十字交乘法作二次三項式的因式分離。方法淺近，頗富趣味性。

陳老師原籍麟洛，曾任多年的總務主任，現任設備組長、生物科輔導員，他是科展的常勝軍。「昆蟲對顏色的敏感性」是他的入選作品，主要教學生能夠製作簡單的實驗器材，來測定常見的昆蟲對顏色的偏好性，很實用，很有推廣價值。

原刊於《六堆雜誌》五十二期（一九八五年十二月）

六　屏東也有飆車熱　小心飆掉你的命

最近半年來，屏東市區也出現了風靡臺北一時的「飆車」，有許多寬敞的馬路，成了「大度路」，尤其是每週有兩次夜市的廣東路，更是年輕騎士耍威風的「玩命」路。

「飆車」騎士們所騎的機車，據說是以製造鋼琴聞名的廠牌所生產的，名字叫「追風」。這種機車，好像是用鍋輪噴射式的引擎所裝備，騎快才爽，所以愛「拉風」的年輕人，才會樂此不疲，玩命似的到處「追風」。

我家距離廣東路有三、四十公尺遠，每次「追風」一過，就像二十年前在臺南讀書時，F100噴射機從教室上空掠過；所不同的，噴射機像要震破玻璃，「追風」卻像要震破我的膽似的。車子似乎已遠離了一公里外，但那種划破天際的恐怖聲音，仍然清晰可聞，真是令人不寒而慄，全身「兮兮抖」。

近一個月來，我有兩位近親，因為車禍，先後被抬進屏東最出名的「開腦」醫院的加護病房，其中一位親戚就是「追風」惹的禍。

一般說來，騎「追風」車的騎士，大多數是年輕小伙子。他們共同的特徵，就是不戴安全帽，騎在車上，屁股翹得高高的，就如同賽馬場的騎士。因為車速很快，所以遇到人多的馬路上，蛇行是他們的「特技」。同行的路人，車輛，個個都會嚇得四處躲避，敬鬼神而遠之，就好像古時候皇帝出巡，百姓都得迴避似的。躲避不及的，就會雙雙遭受到被抬進「開腦」醫院的命運。

在醫院中，我親眼看到一個故事，也許讀者會認為是無稽之談，不可思議，但這是「如假包換」的真實故事：有某國立專校的一對男女同學，從學校騎著「追風」返家，因為黃昏視線不良，加上速度太快，居然在途中，撞上前面因車禍但未及處理的屍體，而彈到安全島上，被救護車送進加護病房。聽說該校最近一個月，學生有一死一植物人的紀錄。

屏東的馬路，大體說起來，都是些狹窄、轉彎多，路況又差的道路，實在不宜「飆車」騎士的橫衝直撞，為了全屏東人的交通安全，盼望警察嚴格取締違規，家長、學校多給予勸導，還給行人一個「安全」又「舒暢」的馬路。

原刊於《屏東週刊》（一九八六年十一月二十三日）

鄉親簡訊

陳哲男回屏開業

（廣東路）屏師畢業，兩度競選教育團體立法委員，只差些微票而落選的陳哲男，一直在高雄市經營補習教育事業，很有成就。他始終認為是屏東子弟，所以念念不忘回饋故里。最近特地在廣東路九四之二號設立「文昌補習班」，聘請高雄名師到屏東免費為國三學生期考前復習兩週，聽課學生節節爆滿。（高鳴）

蔡春桃女兒美國打拚

（民和教會）幼愛托兒所所長蔡春桃的大千金翁妙玲，原任教公館國小，也是名鋼琴老師。三年前，帶著孩子、公婆，跟隨夫婿到紐約創業，如今已擁有一棟大房子，和小型的「超級門市部」（景公）

陳清安出新書

（臺中）前中正國中教務主任，現任臺中縣東華國中校長陳清安，是屏東南州人。陳校長最近先後出版了兩本新書：《真善美的故事》、《愛的天地》。這兩本著作，是作者藉著中外古今真人真事的感人故事，引導讀者走向愛的天地，真善美的境界，享受人間溫情與快樂的感性創作。（慕屏）

洪松男返國省親

（水源巷）前屏信中學（現改為民生工商）校長洪松男，曾在中正國中服務多年。兩年多前，移居哥斯達黎加，最近返國省親。四月廿九日，中正國中舉辦「家長參觀教學日」的盛會上，和老同事們大談移民中南美洲酸甜苦辣，中正的老師們都聽得津津有味。朋友們笑著說：「下次你回來，該是以『僑領』身分回國了。」（景公）

郭水恩考上校長

（臺北訊）屏師四十八年畢業，一直在臺北教書，多年來擔任國中教務主任的郭水恩，參加臺北市國中校長甄試，在二百八十多人參加，只取八名的激烈競爭下，榮登金榜。郭水恩是新園鄉，烏龍人，太太謝惠美，臺北人，也在國中任教。（景公）

郭玉生是測驗專家

（師大訊）心理測驗專家，也是師大教育系名教授郭生玉，是屏東師範四十九年畢業，他是屏東新園鄉人。歷年來，省高中聯考命題，都會請郭博士以測驗專家的身分入圍，各縣市舉辦指導活動或教學評量研習，也必然請他作專題報告。（林慕屏，原刊於《屏東週刊》二二六期，一九八四年七月二十二日）

陳英豪任師專校長

（臺南）新任省立臺南師專陳英豪校長，是屏東潮州的農家子弟。陳校長初中讀高雄中學，畢業後考上屏師，四十五年以第一名畢業，分發到山地鄉的望嘉國小服務。三年後保送師大教育系，五十二年畢業後，進入中正國中任教三年。五十五年高考及格，轉到教育廳任職，歷任專員、督學、機要秘書等職。六十一年考上公費留學，到美國北科羅拉多大學深造，四年後獲得教育博士，回國任教於高雄師院，擔任教授、系主任、研究所所長、訓導長等職。去年暑假，陳校長前往美國明尼蘇達大學，做「超博士」進修半年，專攻心理學及學校輔導。陳校長出版過三部著作，十多種測驗，專案研究二十多種。其中以〈道德認知發展研究與校學實驗〉、〈測驗編製〉、〈創造教學研究〉為最著名。（原刊於《屏東週刊》二二六期，一九八四年十一月十八日）

林倖如、陳宜雯三年科展第一

（中正國中）屏東縣第二十五屆科學展覽，本校三年十四班林倖如，陳宜雯，在陳欽賢老師指導下，所製作的〈植物感應知多少〉生物科作品，又榮獲國中組第一名。林、陳兩同學已連續獲得三年第一，也在全國科展時，分別獲得第二、三名。（高鳴，一九八五年三月八日）

吳祥福得麥氏獎金

（忠孝國小）本年度的「新東陽」麥氏獎學金，在全國有限的名額中，本校兩個年級九個班的條件下，勇奪了兩個名額，實在令全校師生振奮。得獎人是二年三班吳祥福，家長吳易色；二年四班陳紀伶，家長陳崑炎。

林容竹破紀錄

（中正國中）一年二班林容竹，在暑假前的期末考中，除了國文、英文、健康教育各得九十九分外，其餘數學、生物、歷史、公民、地理等五科，都得一百分。據教務處的幹事小姐說：這可能是有史以來最好的期考成績。（高鳴，一九八四年十二月三十日）

鍾兆晉漫畫第一名

（中正國中）屏東救國團慶祝團慶，舉辦反共愛國教育徵文漫畫比賽，本校鍾兆晉、巫志杰分獲國中組第一名，吳俊彥漫畫第二名；林容竹作文第三名。（慕屏，一九八五年十一月二十四日）

王麗雲作文得獎

（中正國中）三年一班王麗雲同學，參加內政部舉辦的「導正職業觀念」徵文比賽，榮獲全國國中組第三名。王麗雲的家住在大連路，爸爸王全忠是建築工程包商，媽媽是標準的家庭主婦。（慕屏，一九八四年十二月三十日）

鍾啟耀跳級參加聯考

（廣東路）家住廣東路三號的鍾啟耀，是中正國中二年五班的學生。最近被教育部甄選為理科資賦優異學生，准予跳級參加高中聯考，考取了可以不讀國中三年級。他是中正國中跳級參加聯考的第一位。鍾啟耀的爸爸鍾昭慶，在廣東路開農藥行。（景公，《屏東週刊》二五二期，一九八四年四月十五日）

陳萬裕有子智商一七〇

（萬丹國中）陳萬裕老師有位資賦優異孩子陳彥彰，現就讀中正國中二年一班，入學時的智力測驗高達一百七十。陳彥彰最近通過教育部的甄選，准予跳級參加高中聯考，考取了便無需讀國三了。認識陳老師的人，都稱他是「天才爸爸」。（慕屏，一九八五年四月二十一日）

陳添福返屏服務

（潮州）高雄市文化中心總務組長陳添福，七月一日將調回屏東縣文化中心服務。據說，仍然做他的老本行——總務組長。陳添福原任潮州國中指導活動秘書，前年高考及格，進入高雄市教育局服務。（一九八四年六月十七日）

洪英重調鳳甲國中

（中正國中）擔任益智班教師，兼任中正國中員生合作社經理多年的洪英重老師，新年度開始，調到高雄縣鳳甲國中擔任訓導主任。洪老師的夫人林玲玉，屏東五五年畢業，參加司法官考試及格，現任高雄地方法院推事。（一九八八年九月九日）

陳明鏘多才多藝

（中正國中）國文教師陳明鏘，是一位多才多藝的老師，不但擅長古詩寫作，古樂器彈琴，而且畫國畫更有一手，尤其仕女、花卉、鳥獸等，更畫得維妙維肖，難怪在學校裡有十多位女老師拜他為師，向他習畫。（慕屏，一九八六年一月五日）

蔡清祥說屏東有兩多

（屏中）省立屏東中學蔡清祥校長，在一個研習會上，報告來屏東兩個月的感觸時說：「屏東有兩多：一、請他吃飯的人多（人情味濃，期許更多）；二、吸人血的蚊子多（環境衛生差，污水到處有）。」（一九八四年四月八日）

邱縣長說：屏東像火腿

（中正國中）邱建輝縣長二十一日上午十一時，應中正國中之邀，在週會上向全校師生談屏東觀光年的抱負。邱縣長說：打開臺灣地圖，屏東的地形，很像一把大「火腿」，可啃可吃的地方太多了。……同學聽了，哄堂大笑之餘，都差一點流出口水，因為那時已近午飯時間。（景公）

洪文耀雙喜臨門

（忠孝國小）總務主任洪文耀，最近雙喜臨門，心理樂極了。讀建中的兒子洪育宗，考上臺大醫學院。洪主任自己又被保舉為今年度最優公務員，接受全省表揚。洪主任的夫人陳富美，在仁愛國小任教。（景公，一九八五年九月一日）

蕭金榮白了少年頭

（中正國中）今年全縣英語科教學觀摩會，於六月七日在本校舉行。因教法新穎，教具充分，學生反應熱烈，所以頗獲參觀者好評。擔任演示教學的老師有蕭金榮、許美麗、孔淑融、張秀鳳、蘇淑敏及劉淑芬等老師。據說一向瀟灑的蕭金榮老師，為了這次的觀摩會，差點急白了少年頭。（原刊於《屏東週刊》三一二期，一九八五年六月十六日）

王榜壤退休當導遊

（中正國中）從五十七年實施九年國教開始，就在本校任教的王榜壤老師，十二月一日起便光榮退休了。王老師在柯文福當校長時代，曾當過管理組長，後來一直擔任童子軍團長益智班的導師。王老師退休後，將從事導遊、養蜂訓練警犬及教授日語等工作，可

說是「退而不休」。（慕屏，原刊於《屏東週刊》三一二期，一九八四年十二月九日）

林明和得傑出校友獎

（滿州國中）林明和校長平日笑容常開，最近更是眉開眼笑。原來他得了一座「屏師傑出校友」獎。林校長屏師畢業後，曾在附小任教，擔任教育局國教課長多年。目前，每年暑假還在師大教育研究所進修。

巫和俊校長甄試及第

（鶴聲國小）訓導主任巫和俊，首次參加教育廳舉辦的國小校長甄試，一試及第，頗令人欽羨。巫主任的太太羅美枝老師，服務唐榮國小。（慕屏）

呂見達被中傷

（中正國中）校長呂見達，六月一日被兩位假借歷任訓導主任邱勝雄、邱寶郎、林瑞景等三位的姓名，拼湊成「邱瑞雄、林勝寶」的冒牌家長，投書某日報，檢舉八大罪狀，居然予以刊登，直讓他含冤莫白，氣得直跳腳。（慕屏）

侯美金得「飛鳳獎」要飛大溪地教舞

（信義路）今年初，剛榮獲舞蹈界最高榮譽「飛鳳獎」的侯美金老師，最近接到僑委會的聘函，要她明年元月五日起，前往大溪地教導華僑民族舞蹈兩個月。教舞的待遇，每月美金壹仟伍佰元，來往機票及差旅費皆由僑委員負擔，在當地的膳宿雜費，皆由當地的立法委劉富權先生負責，此種待遇，是全屏東舞蹈界的第一人。據侯老師的先生，現任中正國中的施瑞賓老師說，僑委會明年有意委託侯美金籌組民族舞蹈團，到美國巡迴演出，並教導當地華僑及美國人士民族舞蹈，從事實質的國民外交。（林慕屏，原刊於《屏東週刊》二八七期，一九八四年十二月十六日）

張維雄軍人世家

（中正國中）生物教師張維雄，自己不僅官拜後備軍人陸軍中尉，而且還鼓勵他的兩個兒子讀軍校。老大良元，去年剛由國防幹部預校畢業，以第一名進入空軍官校。老二良榮，去年暑假緊接哥哥的後塵，也進入國防幹部預校海軍班就讀。因此同仁們都說張家是「一門三傑」。（慕屏，一九八六年十二月）

藍文通「兩個醫生的爸爸」

（師校巷）新園國小校長藍文通，有三個兒子，老大偉明，大學畢業剛服滿兵役，現任職臺北電子公司；老二偉宏，就讀陽明醫學院醫科；老三偉倫，就讀臺大醫學院醫科。相識的朋友，都稱藍校長是「兩個準醫生的爸爸」。藍校長夫人林月裡老師，一直在屏師附小服務。（一九八四年九月九日）

陳光森吃免費牛肉麵

（中正國中）中正國中老師們的課餘活動，以網球最熱門。喜愛網球的同好們，個個都不服輸，喜歡找人挑戰，以飲料或牛肉麵做賭注，賽起來真是高潮疊起，刺激萬分。其中，吃最多「免費牛肉麵」的，要算是陳光森、蕭金榮老師了。（景公，原刊於《屏東週刊》二六二期，一九八四年六月二十四日）

連惠蘭沒時間老

（仁愛國小）連惠蘭老師前幾天參加屏師附小第十七屆校友會時，二十一年前畢業的學生們，都說連老師像二十多年前一樣年輕漂亮，連老師笑著說：「我忙得沒時間老嘛！」連老師的先生劉肯訓一直在附小當老師，女兒劉美玲師大音樂系畢業，目前在美國洛杉磯大學攻讀音樂碩士，兒子劉育正在世新就讀。（林慕屏，原刊於《屏東週刊》二五一期）

莊艷凰當簡家媳婦

（屏榮商工）屏商國文老師莊艷凰，三月二十二日完成了終身大事。新郎是公館簡春玩的四子簡仁水。他是中原理工學院化學系畢業，目前在高雄海關服務。（蘊玉，一九八四年四月一日）

張新安是狀元爸爸

（大同國小）大同國小訓導主任張新安，相識的人都稱他是「狀元爸爸」；這是因為三年前，他的二兒子張仲羽，是屏中榜首。去年暑假，他只花了六萬元，便暢遊美國兩星

期，迄今還津津樂道。（慕屏，原刊於《屏東週刊》二五五期，一九八四年四月六日）

黃嘉崑兒子有文才

（屏東師專）黃嘉崑老師的兒子黃士軒，代表屏師附小三年級學生，參加中華兒童教育社第卅五屆全國兒童作文競賽，獲得南區第三名，全國第十名。（蘊玉，原刊於《屏東週刊》二五三期，一九八四年四月二十二日）

洪連煌　葉淑玲有結晶

（中正國中）夫妻檔的洪連煌、葉淑玲老師，共同又創作了一個「婚姻結晶」，上次是男孩，這次是女孩，一男一女，全家真是樂極了。（原刊於《屏東週刊》，一九八四年四月二十九日）

到王久美家找靈感

（中正國中）王久美老師家住長治鄉，在中正國中教英文，女兒葉穎蓉乖巧伶俐，目前就讀中正國中二年二班，是資優生，人緣很好。因此星期假日經常有同學去她家摘水果、烤地瓜、烤土窰雞等。凡去過的人都會樂不思蜀，所以是同學寫週記、作文的「靈感地」。（慕屏）

七　創意作文教寫

永生難忘的「恐怖箱」

新學期開學以後，我由三年級又輪回到一年級，擔任二班的國文課。因為二節連排的作文課都排在下午一、二節，學生上起課來，睡眼惺忪，精神多少有點散漫。為了要提高學生的學習情趣，只得多動動腦筋，想些較有創意、容易被學生接受的作文方式和題材，使學生喜歡上作文課，進而會期待下一次的作文課趕快來臨，其心情就像小孩子期待過年一樣。

我的第一篇作文是以〈國中生〉為主軸，讓學生抒發升上國中以後，在短短二週中所見、所聞、所做的新鮮感受。有不少的學生在作文中指出：國中生活實在有些令人恐怖。看到「恐怖」二字，使我聯想到以前電視上有許多藝人被主持人整得哇哇叫的「恐怖箱」。這時的靈感告訴我，何不利用它的緊張、懸疑、刺激、恐怖的名稱，用在我多年前曾經玩過的「觸覺遊戲作文」上。如此一來，作文課不就更刺激、更有趣、更有創意。

首先我找來了一個裝蘋果的大箱子，在上頭中間挖了一個拳頭大的小洞，正面用麥克粗筆寫上「觸覺作文——『恐怖箱』」等大字。箱子裡頭放些體積較大，觸摸起來較容易辨識、又稀奇古怪的小東西，項目大約以十件為宜。內容包括日常用品、學用品、玩具、應時水果，以及一、二種不會傷人的動物或寵物。如青蛙、小白兔、天竺鼠、小鳥、蜥蜴、鱔魚、烏龜，以及少了蟹螯的螃蟹等。

作文課那天，我把恐怖箱搬到轎車的行李箱內放著，和往常上課一樣的走進教室。還有幾位午覺沒睡飽的同學，仍然趴在書桌上，等班長的口令下達，才意氣懶散的站了起來，一個個沉重的眼皮還垂著。行禮如儀過後，我試著放出一點空氣說：「目前教室裡的瞌睡蟲爬滿地，待會兒相信一隻隻會被嚇跑，你們相信嗎？」此時，四十幾隻眼睛頓時睜得好大，看著我葫蘆裡又賣些什麼膏藥？

我假裝若無其事的要學生拿出作文簿，拿著紅原子筆，邊看上篇的作文，邊修飾、訂正語病、錯別字；我則在臺上叮嚀同學上次作文的共同優缺點。等大家就緒後，我選出上篇寫得最精彩、最具創意的作文各一篇，到臺上朗讀給同學欣賞。

讚嘆的掌聲過後，我在綠板上寫上「觸覺作文」，寫完回頭一看，個個面面相覷；接著我又寫了大一號的「恐怖箱」三個字，頓時全班「哇！」的慘叫一聲，個個面無血色。過了一會兒，幾個膽子較大的同學說：「真的有恐怖箱？」「你說呢？」「在哪兒？」「稍安勿燥，等會兒哪個膽子大的跟我去搬。」這時候那些所謂「膽子大」的，便你推我、我推你的都不敢去，最後較老實的晟瑋硬被「推」了出來，「心跳一百」的跟著我。我語帶警告的語氣提醒他：「小心抬著，別觸怒裡頭的動物，免得發生危險」。

晟瑋躡手躡腳、小心翼翼地把恐怖箱放到預先準備的板凳上，兩手微微抖著，整個臉比平時白多了。大家看在眼裡，都屏氣凝神地等待好戲上場。

如釋重負的晟瑋回到座位上後，一些好奇寶寶的頭便伸了過去，交頭接耳的似乎在問他有沒有動物？晟瑋點點頭，還說有好多隻。同學問他怎麼知道的？他心有餘悸的小聲說道：「剛才我在搬的時候，好像不只一隻的在紙箱裡跑來跑去……。」這時聽到的同學，無不一手摀著嘴巴、一手按著胸部，一個個被嚇倒在座位上。

我看恐怖的氣氛已由學生自個兒營造成功了，暗自慶幸節目可以依計劃進行了。但是我不忍心再增加學生的心跳負擔，所以略帶輕鬆的說：「相信大家都看過電視上的『恐怖箱』，恐怖不恐怖？」

「恐怖！」大家幾乎異口同聲的說。

「放心，老師的恐怖箱是屬於『有一點恐怖，但是又不是很恐怖』的那一類型。」

「裡頭藏些什麼東西？」

「箱裡有日常用品、文具、水果、玩具，以及天上飛的、地上爬的、水上游的……

都有，一共有十種。如果十種全猜對，老師會頒獎鼓勵。」

「會不會咬人?」

「不但會咬人，而且有的還會夾人，所以摸的時候要溫柔一些，不要觸怒牠。怎麼樣?誰先來?」大家聽了，都嚇得哇哇叫，「不要!」「不要!」的聲音，此起彼落的充斥在教室各角落。

「好，暫時不摸，大家先來寫開頭第一段，從知道恐怖箱以後，個人內心的感受，以及大家反應，熱鬧滾滾的場景，都是很好的寫作材料。快，拿起筆寫吧!」不用說，看大家興高采烈的樣子，開頭的豐收，必定可期。現在信手撿拾幾篇，抄錄於後，以饗讀友。

今天第五節是作文課，老師格外神秘，原因是他為了讓我們有一堂難忘的作文課，設計了「恐怖箱」的作文。天啊!「恐怖箱」?國小寫了六年的作文，頭一回遭遇到那麼可怕的題目，現在的心情確實有些不安，本來是半信半疑，但隨著老師帶來的箱子，我真希望這一切不是真的。(潘俊仁)

今天下午上國文課，老師說要仿照「紅白勝利」的「恐怖箱」，全班原先睡眼惺忪，但這番話卻讓全班精神為之一振。然後，在老師加油添醋之下，一些女同學

都是心驚膽顫，嚇得面如死灰，在一片驚疑聲中，「節目」終於要開始了。（簡宜蓁）

今天我們的國文林老師，出了一個非常怪異的作文讓我們接招。你知道是什麼稀奇古怪的題目嗎？那就是「恐怖箱」。當同學還未接觸箱子時，老師就說裡面有著各式各樣的東西。例如：有會夾人的，有會咬人的；有動物，也有植物；無論天上飛的、地上爬的……等等千奇百怪的東西。頓時，同學的心七上八下，整個臉都變綠了。此時，教室的氣氛可說是緊張到極點，還可聽見左鄰右舍同學一直跳動的心。以往在電視螢光幕前，看著藝人們在綜藝節目中，又叫又跳的表情，真是好笑極了，沒想到今天卻輪到我了。（邱文慧）

作文的開頭大致就緒後，我要求同學把作文簿翻到封面底，在上頭的空白處右側，寫上「恐怖箱的東西」，並預先寫上一～十的數目字，待會兒三十秒鐘摸完後，即刻可寫下東西的名稱。

經過一段時間的紓解後，同學的心情不像先前那麼的緊張恐怖，有不少的同學躍躍欲試。於是，為了公平起見，先讓每排推派一位「敢死隊」做先鋒，上場衝鋒陷陣，我則坐在箱子旁邊「看陣」，偶爾適時製造些恐怖的效果。這個階段，有好多同學寫得緊張刺激、精彩絕倫，特摘錄二則如下：

緊張的時刻終於到了，老師先請各排不怕死的敢死隊員先上陣，每個人在摸時，老師本來在旁嚇他們，後來反而他們嚇老師。有位男生還沒上台前，偷偷的在手指頭塗上紅墨水，忽然抽出手尖叫說：「流血了！」嚇得全班跟著尖叫，老師急忙的跑去想幫他止血，才發現上當了，這時，全班又笑得人仰馬翻。（邱惠君）

緊張！緊張！刺激！刺激！老師的恐怖箱把我們嚇得幾乎屁滾尿流。有位敢死隊的男同學，剛把手伸進去，就嚇得把手拉出來，害得老師笑得眼淚都流出來，有位女生還沒摸時，就把害怕的表情給寫在臉上，死也不伸手入箱，老師半勸半逼的拉著她的手進入箱裡，誰想到她竟然哭了起來。（尤亭雅）

大家看到「七人小組」安然回座，雖然過程緊張曲折，但是總算毫髮無傷。於是，人類愛刺激、喜探險的天性，又在孩子身上發酵；不等待我的鼓勵，他們一個個自動的跑過來排隊，請求我讓他們也有機會一探究竟。

我受到了好奇心的驅使，想要一探究竟，沒想到到了恐怖箱前，那股好奇的心，竟然一下子飛逝無蹤，整顆心都被緊張的感覺所替代。不過，我還是嘗到了恐怖箱的恐怖滋味，其感覺竟如同老師所說的一樣，難以忘懷，我現在還記得那股冰涼伴著毛毛的觸感——從手指、手掌一直涼到了心頭。那感覺是言語及筆墨所能形容的。（呂曉雯）

本班女學藝股長說自己膽子最大，結果最不敢摸的就是她。經過老師百般的甜言蜜語，學藝終於下定決心要試一試。在摸的過程中，出現了許多有趣的畫面，製造了許多不足向人道的笑料。摸完時，學藝的臉真是又青又紫，一副快要哭出來的樣子，她的身材可以算是全班女生中最壯碩的，可是膽子卻是最小的，真所謂「人不可以貌相」是也。（李志強）

每個孩子親身體驗過恐怖箱中的恐怖之後，相信最想知道的該是裡頭到底藏了些什麼？自己的答案到底有幾項正確？期待的時刻終於來到，有幾位學生是這樣寫的：

終於到了謎底揭曉的時候，大家都聚精會神的望著恐怖箱，希望自己的答案正確。東西一件件的被拿出來，原來是麥克筆、蘋果、梳子、玩具消防車、網球、飲料、小籃子、花剪、洋娃娃，以及最恐怖的青蛙。老師把青蛙捉出來的時候，

青蛙還調皮的踢老師一腳。(余宛蓁)

以上這些東西都是稀鬆平常，並不值得可怕，大家之所以怕，大概是心理作崇和一種不能預測的神秘感吧！(尤亭雅)

「恐怖箱」的教學活動在頒獎後，已接近尾聲，緊張恐怖的氣氛也漸漸平息，我提醒學生們趕快提起筆，把今天緊張、刺激、恐怖、逗趣的場景，分「敢死隊上陣」、「同學輪流上場」、「自己伸手觸摸」的感受，以及「謎底揭曉時」的心情等幾個階段分別寫在作文簿上。末了，我還故意的問他們：「今天的寫作材料，老師提供的夠不夠多？」

「夠！」大家興奮的大叫說。

「內容有夠精彩吧？還要不要老師再補充一些？」

「不要！」聲音揚得更高。

「很好！那就快動筆吧！」看到個個眉飛色舞，興奮異常的勁兒，我心裡很明白：今天的創意作文設計，的確是讓他們終身難以忘懷的一堂驚心動魄的作文課。

過了一會兒後，動作比較快的同學，已經著手寫最後的結束語了。有位同學舉手問我要怎樣寫結束語才較得體？我告訴他們：「大概可從二方面去思考：一個是摸『恐怖箱』的經驗，帶給你們什麼樣的啟示？另一個則是上了這堂作文課後，引起你們什麼樣的感想？」

或許這堂頗具震撼力的作文課，帶給他們前所未有的衝激力，所以幾乎每個人都覺得這是一次永生難忘的作文經驗。不但從此對作文產生了好感，而且也因此喚醒了他們沉睡多時，對世事漠不關心、不知珍惜的心靈。現在抄錄幾則，看看他們可愛的蛻變。

上了這堂「恐怖箱」後，讓我真正領悟到眼睛的重要，如果沒有眼睛，一切將變成了黑暗，是多麼痛苦的事呀！所以從今天起，我一定要好好的愛護眼睛，不要讓它受到絲毫的傷害。（李舒寧）

其實恐怖箱並不恐怖，它只是讓我們體會一下視障同胞不方便的感受，同時讓我們更知道要去珍惜眼睛。（石柏林）

今天的「恐怖箱」固然覺得快樂、刺激，但也讓我們學到了很多——不但能練習膽量，更可以訓練觸覺能力，這真是一堂受益良多的作文課。（李悅嫥）

臨下課前，許多學生關心背部長刺的老青蛙的下場。因為我的童年是在抓青蛙、吃青蛙肉中長大的，所以很自然的說：「帶回家殺了煮湯吃。」學生聽了，個個似乎難過得很同情青蛙的遭遇，紛紛出價想買到手，結果王淑貞以四十元買回家養，而錢則列入班費基金。

第二天，我告訴淑貞如果後悔，錢可以退回，她邊笑邊搖頭說不用。旁邊的同學偷偷的告訴我：青蛙放生了。

小小年紀就能為這小生命慈悲為懷，一直自認為自己也算很有慈悲心的我，真自嘆不如，實在甚感慚愧……。啊！這堂作文課對我來說，也將是永生難忘。

原刊於《國文天地》十四卷二期（一九九八年七月）

吃冰的滋味

──邊吃冰，邊寫作文，寫出真真實實冰的滋味

悅讀自由時報二〇一四年十月二十日「家庭親子」欄。甘地老師的「作文真的不難」後，覺得教孩子用自己的文字，說自己的生活故事。固然可以寫出許多意想不到的生命風景，但是這種題材太過廣泛、太天馬行空，老師指導寫作反而不容易聚焦，尤其是讓孩子自由抒寫懷舊的作文，可說是千頭萬緒。常有不知如何選材、如何下筆的困惑。

依我幾十年指導孩子創意作文的經驗來看。我覺得帶領孩子一邊做活動（如吃冰、放風箏、焢土窯），一邊寫出當下親身體驗的作文會更好寫。記得國中一年級國文課本中，有一課古蒙仁先生的〈吃冰的滋味〉。他寫的滋味不在口中，而是在心頭；不是現在進行式的吃冰感受，而是懷念童年時的吃冰樂趣。教學過後，大家都有被吊胃口的感覺，心裡好想真正的大啖一頓冰品，把吃冰的滋味真真實實、淋漓盡致地寫出來，那才是寫作文的一大享受。

於是我利用作文課的時間，在無預警的情況下請同學吃冰，送給大夥兒一個「驚

喜」。並引導學生在冰品還未送來之前，先把自己的「驚喜」寫在開頭第一段。

今天是不是要下紅雨啦？平常看起來挺小氣的林老師，竟然大方地請全班吃冰，真是令人不敢相信！（謝松岳）

午睡一起來，雖然很想再睡一會兒，但老師來了，吩咐兩位同學出去辦事，也不知道是什麼事？過了一會兒，那兩位同學手上拿著大包小包的「雪特」甜筒，分給我們全班每人一支。正一臉睡相的我，一看到有吃的，馬上精神就振奮了起來，雖然不知道老師為什麼要請客，但管他三七二十一，吃了再說吧！（邱俊豪）

「驚喜」的作文開頭方式，全班四十多位同學，幾乎沒有雷同的，這實在讓我太「驚喜」了。當大家都拿到甜筒後，我要同學稍安勿躁，先觀察冰品的外貌，造型、顏色、香味以及和口水互動的心情變化，寫成第二段。

一支支漂亮的甜筒，從透明的包裝袋裡跳了出來；從同學的手中，看它們個個穿著艷麗的外衣，一會會變成慶生帽，一會兒變成麥克風、路障，或高聳的金字

塔。可是，誰又知道：待會兒它們將跌入萬劫不復的深淵，摔落深不可測的黑洞裡。（謝明謙）

甜筒剛拿到手，大家臉上都難掩雀躍不已的表情，每個人就像稚氣般的小孩子等著糖吃一樣；味蕾在起化學作用，口水在口腔裡氾濫，每個人的眼珠子被甜筒黏住了，只有等老師的一聲令下，才有解脫的可能。

冰的魅力無人能擋，冰的誘惑更無人能破；不等我一聲「開動」，就已經有不少同學禁不起誘惑，偷偷地一親甜筒的「芳澤」了。因此，吃冰的滋味正式開鑼了。我也拿了一支甜筒，很逗趣地把吃冰的動作一一演示出來，並把滋味寫在臉上，好讓同學心領神會。

當我打開甜筒的封蓋，濃濃的香草和巧克力香，一陣陣地傳到鼻子裡，口水都快流了出來，忍不住大咬一口，那清涼香甜的滋味，把身體的暑氣立刻降了下來，幾乎全身透涼。（劉誌文）

哇！它可是「混血兒」耶！又黑又白也有褐色的「聯合國」女兒呢！一口咬下去，香濃的巧克力和脆脆的花生粒，冰涼的融化在嘴裡，真正有夠爽啊！（張淨

文）

慢慢脫下它的外衣，原來是剃著平頭的冰淇淋，白白的香草冰淇淋上，還不規則地散雜著碎花生，而接觸空氣的裸露部分，還穿著一件薄薄的巧克力洋裝，洋裝下卻穿了一條脆脆的網狀餅乾褲子，這一身的「酷」打扮，似乎在告訴我的下意識：「先咬我一口再說吧！」剛咬下去的那一剎那，我的牙齒接觸到冰淇淋的時候，一股沁涼的感覺傳遍了全身，然後我把它含在嘴中，冰漸漸融化在我的口裡，頓時，我覺得更清涼了。（陳淑雅）

吃冰的滋味除了寫自己的感覺以外，我提醒同學看看別人的吃相，寫寫眾生百態，也是作文課的一大樂事：

在老師一聲令下，同學們就像非洲難民般地狼吞虎嚥起來。我邊吃邊仔細觀察同學的吃相，有的舉止文雅，有的大口大口吃，好像怕別人搶走似的，真是「一樣米養百樣人」啊！（黃豐原）

欣賞別人吃冰也可算是一種享受；有些人狼吞虎嚥，有些人卻為了形象，斯斯文文的活像小淑女，一小口一小口地吃……啊！我不敢再看下去了，免得我的口水

會控制不住了。（蔡緯屏）

抬起頭來看到同學都津津有味地吃著，也看到老師臉上沾滿了巧克力和香草冰淇淋，樣子好可愛喔！冰一下子就吃完，但吃冰的滋味卻久久不能忘懷。（邱怡芬）

吃冰的滋味令人懷念，這時候相信有許多同學很自然地懷念起以前吃冰的種種往事，如果把它寫下來，和今天吃冰的滋味一比較，不是很有「紅花綠葉」相襯托的作用嗎？也是一次難得的作文插敘法練習，我這樣鼓勵同學試寫看看。

吃冰的滋味，每一次都不同。今天是為慶賀得獎而吃冰，總覺得越吃越香，越吃越好吃；從前有一次，也是吃冰慶祝，但那時我正好牙痛，卻因為嘴饞，硬是要吃，結果可想而知，吃完馬上跑牙科診所，真是一次痛苦又難忘的經驗。（吳筱琳）

同樣是吃冰，但是感覺很不一樣。在家吃冰，還必須趁媽媽不注意，偷偷摸摸地吃，要是不小心被大嘴巴妹妹捉到了，那我可就慘兮兮了；可是，很榮幸的，從來沒有像這一次這麼深刻的吃冰經驗。我想：我會畢生難忘的。（馮念慈）

每篇作文的最後，通常都要有個像豹尾巴簡短有力的總結，或外加啟示，作為文章完美的結束。

夏天一到，各種琳瑯滿目的冰品也紛紛上市。妳可以細細品嘗，也可以大快朵頤，但還是要注意衛生，不宜吃得過量，萬一吃壞了肚子，就後悔莫及了。（洪新惠）

在此我要謝謝老師的冰淇淋，還有蔡緯屏、謝明謙同學的辛苦跑腿。同時也希望這樣的「創意作文」，可以一代一代傳下去，讓以後的學生不會對作文產生恐懼感，而老師也不會因為學生狗屁不通的作文氣得火冒三丈，這時候師生才真的「有福氣」啦！（林育辰）

邊吃邊寫作文的魅力道白

每個人第一口吃冰，牙齒、舌頭「致命」吸引力的接觸，都有不能讓人忘懷的涼酥酥快感，沒有親身去用「心」體驗吃冰的人，是感受不出來的。有許多同學告訴我：平常大口大口的吃冰，也吃了千百次，卻從來沒有吃出感覺來。為什麼在課堂上，在作文課時，會吃出這麼多感覺，寫出令自己也覺得不可思議的、新鮮有味的作文？箇中原因相信很多，如果由我來解答，未免有「老王賣瓜」之嫌，這個任務就交給洪畬蓴同學，用感覺來說明。

冰以前我常常吃，今天是老師請的，感覺很不同，比起以前吃的冰還要好吃。因為是老師請的，吃起來有老師的味道，我不是馬屁精，只是愛講真話，想到平時老師是嚴肅的，今天卻好開放，感覺怪怪的，可是覺得很親切，我很喜歡這種感覺，謝謝老師請吃冰，也恭喜老師的書得獎，吃冰的滋味實在令我永生難忘。

編者的話

林瑞景老師的「吃冰的滋味——一邊吃冰，邊寫作文，寫出真真實實的滋味」，敘述指導創意作文的要點是，帶領學生活動且在親身體驗下寫作，是非常好的策略，供師長讀者參考。

原刊於《中國語文》第六九八期（二〇一五年八月）

八　趣味新詩教寫

活潑有趣的新詩教寫

每個人的心都像碰餅

文賢國中　蔡麗琴

胖呵呵的身段是千年印記。
藉著他——
圓了一場美的饗宴，
色香味一如柔美的主人。
吃飽了、玩累了，
咦！怎麼每個人的心都像極了
他——碰餅。

在臺南地區除了家喻戶曉的「度小月」——擔仔麵外，相信很少人知道，碰餅也是很具民俗古味的特產之一。據說，古早時代碰餅是專為產婦坐月子時，特別研製對身子很滋補、包有芝麻油餡兒的甜點，後來研發成眾人可吃的爽口點心。只是流傳至今，因為民生物資應有盡有的現在，大家已經不把它放在眼裡罷了。

八十八年五月十八日，我應邀到臺南市國文科教師教學研討會上，擔任「創意作文與新詩教寫」的教學演示講座時，為了寫出地方特色的「味覺作文」和「新詩創作」，特別商請承辦學校金城國中常閣琴主任訂購每人一份碰餅，讓參與研習的老師一邊品嘗、一邊寫作，再經過我的「催化」，大家都文思泉湧、靈感四射。文前的這首「碰餅」詩，就是蔡老師當時的傑作。

在新詩的「教與寫」演示過程中，我告訴老師們：一首耐人尋味的好詩，必須具備含蓄、象徵及聯想等三個要素。而蔡教師的這首新詩，無疑的就具備了這三種優點。怎麼說呢？依我陪他們走過這一段創作的過程來分析：首句含蓄地寫出碰餅的外型和古味；二、三句是描繪吃餅、寫詩的場景，是象徵；至於第四句「柔美的主人」是誰？則由讀者自個兒去聯想；第五句從「吃飽」、「玩累」，就可得知那研習場景是多麼令人嚮往！含蓄兼象徵；六、七行則寫出了老師們個個收穫滿心懷，那種感覺就像「胖呵呵」的碰餅一樣，含蓄、象徵、聯想全都兼有。

同是吃碰餅，每個人的感受不一樣，寫起詩來更是千奇百怪。另舉兩首與您分享：

香餅

大成國中　陳秀貴

香香的
圓圓的
遙遠的甜夢
外婆的愛　在其中
媽媽的愛　在綿延

圓圓的
胖胖的
一碰即碎的香餅
洗了個香噴噴的麻油澡
向初為人母的媽媽們致敬

碰餅

建興國中　郭秀吟

成績單一離手，
馬上吃了兩個大「碰餅」；
左右兩頰各一個，
好吃嗎？
不是滋味在心頭。

碰餅的甜頭大家嘗過以後，寫詩的興致好像也跟著提高了。於是，我抬出一大簍的水果，這是學校特地為我準備，用來教老師們怎樣教水果詩、寫水果詩的道具。老師們看到這些新鮮美味的水果，個個睜大眼睛，一臉垂涎欲滴的模樣，經驗在告訴我：他們心中的詩蟲又在不停地蠕動了。

首先，我抱起了一粒沈甸甸的「小玉」西瓜，在大家的眼前晃動，並唱作俱佳地朗誦出台中市協和國小黃素英老師的「西瓜」詩：

圓圓的西瓜，
像綠色的保齡球；
寶寶來了推呀推，
喔！是個超級不倒翁。
奶奶走來摸了摸，
吊起來打打屁股說：
嗯！不錯！不錯！

邊做動作邊朗誦完後，我告訴老師們：寫詩不難，只要專注在與詩有關的事物上，從它的外型、顏色、聲音、內涵、功用、典故、特色、味道，以及與人們互動的關係中，找出一項或數項切入，來一些奇思妙想，多一些擬人、譬喻、象徵、聯想等，意想不到的好詩也就跟著來，大家不妨試試看，現在就從「西瓜」開始，每人試寫一首：

西瓜

安南國中　許欣如

「咚、咚、咚」，
是夏日裡特有的鼓聲，
喚醒了人們醍醐灌頂的渴望。
毋需——
正港的黑松沙士；
更不用——
義美的枝仔冰，
一樣能清涼痛快。

西瓜

金城國中　陳文香

戴著綠頭盔的西瓜勇士，
效命沙場，

衝鋒陷陣；
雖然流著鮮血，
他仍然奮不顧身。

西瓜

建興國中　郭秀吟

綠色的斑馬線，
連接南北極；
赤紅的地心，
黑亮的岩粒，
只要你愛他、親他，
包你清涼一夏。

西瓜

瀛海中學　蔡政君

身懷六甲的孕婦，
穿著絢麗的迷彩草綠服；
叫她在叢林裡躲藏，
她偏偏在沙地曝曬。
一旦被擄獲，
下場——
鮮血滿地，
留下一地無辜的遺腹子。

西瓜

成功國中　林秀貞

身著綠紋衣的大胖子，
是夏天的滅火隊；

見人就挖心剖腹——
只想換來一夏的清涼，
一口口甜的祝福。

西瓜

安順國中　馬素珍

一個披著綠條紋的油漆匠
圓滾而壯壯
一不小心，跌了一跤
灑了一地
香甜的紅顏料

從以上六首「西瓜」詩，就可以看出每位老師切入的痕跡；各個不同的著力點，不一樣的聯想、譬喻。但是，他們的專注、用心，所表現出來的純樸、可愛，卻是另有一番詩味在心頭。

接著，我把籃裡剩下的水果，一樣一樣地請出來亮相，冀望他們爆出詩的火花，寫下美的詩篇。

奇異果

新興國中　李玉英

毛茸茸的褐皮，
包容著大地的心。
綠化的香甜，
滋補人類的五臟六腑。
敢問有哪類水果比我更奇特？

奇異果

後甲國中　李玉瓊

沒有雞蛋的白皙，
也沒有香橙的魅力，
更比不上蘋果的豔麗。
不怕人嫌我粗糙暗褐的面皮，

只因我有滿腹的奇情靈氣；
星一般的晶瑩，
海一樣的碧綠。
是誰說過：
斯是陋室，唯吾德馨。
啊！好懷念我那沈潛地裡的
土豆好兄弟。

土芒果

長榮女中　蘇敏慧

有人愛你的維他命
有人戀你的甘甜香
硬邦邦的身軀
禁不起熱情的挑逗
軟化——
管他高矮胖瘦

什麼纖細凹凸
你像是讓人依偎的奶嘴
只要有緣
便以身相許

楊桃

長榮中學　黃玉芬

滿天的星子
不甘當月兒的配角
於是　墮入凡塵
卻沒料到
在萬紫千紅中
仍逃不掉
宿命的安排
變成了「楊桃」

木瓜

建興國中　蔣喜文

黃黃的皮膚
像我　也像你
紅紅的果肉　香甜又多汁
蜜實的腹腔　滿布了黑小子
我願是那果肉
營養那些密密麻麻的煩惱小子
有教無「淚」、永不後悔

榴槤

文賢國中　馬美珍

有人嫌她臭，
有人說她像刺蝟；
只要你肯深入虎穴，

才能發現她——
如煉乳般豐美的滋味。

香蕉

延平國中　謝美惠

香蕉的心是媽媽的心；
金黃的香蕉，
亮麗香美的外表，
甜軟甘醇的內在，
是成熟的媽媽。
一彎鈎也似的月亮，
像極了幸福孩子的夢之船！

檸檬

新興國中　陳秀禎

黃綠與透白的對話，

話兒是酸？還是甜？
當我用心與她對話時，
她卻似天邊的月姊兒，
深情地與我交談著——
那酸、甜的滋味，
我沈醉、我懷念。

檸檬

新興國中　李淑珠

我是顆綠色苦澀的小球，
雖然不起眼，
卻是女士們的最愛。
大姊因我酸澀的滋味——
皮膚白皙剔透，
從不用SK-II。
小妹因我酸甜的滋味——

健美活潑有朝氣，
臉蛋兒就像顆紅蘋果。

香吉士

安順國中　陳妙瑛

澄黃黃的身軀，
就像是個超大的乒乓球。
球會跳啊！
可是——
她卻只會散發出
陣陣的清香，
誘人的奶水，
真是——香、吉、士。

在「水果詩的饗宴」後，另開闢一場「身邊事物詩」的邂逅。我請他們把注意力轉移到自己周邊的事事物物上，找尋可以入詩的素材。例如桌上的咖啡、臉上的眼鏡、眼前的時鐘，以及腦袋裡可以想到的東西，都可以以自己最熟悉的題材下手。詩材決定好之後，利用書寫題目的時候，專心想想它的特色在哪兒？從什麼地方切入最漂亮？並緊緊抓住最令人心儀的部分，用心加以聯想著墨成詩句，然後以此詩句作為基礎，擴寫、潤飾，再思索成詩篇。

我一面解說成詩的過程，一面用肢體語言端著「咖啡」，說出台中市文山國小洪碧香老師的詩例：

如果當年
宰予擁有我
孔子可以繼續
他的沈悶教學

如果當年
睡美人認識我
也不用勉強下嫁
小她一世紀的男人

說說唱唱、比手畫腳之後，老師們個個都會心地點頭笑笑，開心地提起筆，進入新詩國度遨遊。

喝咖啡

復興國中　徐麗芬

讓咖啡更咖啡，
最好自己會飛；
飛出了藩籬，
飛出了牢籠，
卡出自己最美的一刻，
讓自己遠離是非。

咖啡

延平國中　謝美惠

沈鬱的色澤

是失戀人兒暗沈的心情：
歡樂沉澱　鬱卒揚升
苦澀落肚　濃香充塞
是那糾葛的心情：
有時悲抑　有時香醇
猶如山腰的煙嵐
揮手推去　又罩心懷

眼鏡

安順國中　馬素珍

沒有了你——
前不見古人，
後不見來者，
倍覺淒涼。
戴上了你——
看清了全宇宙，

認識了書中螞蟻，
倍感溫馨。

老花眼鏡

新興國中　李淑珠

戴上老花眼鏡，
我重見了光明！
眼前的美景，
一五一十地呈現。
啊哈！
我得救了。

戴上老花眼鏡，
我「古錐」多了，
努力地尋找，
終找到心儀的東西。

啊！我年輕多了。

鬧鐘

金城國中　陳文香

我是森林來的布穀鳥
我愛熱鬧更愛唱歌
懶弟弟不喜歡我
好媽媽卻疼愛我
不管怎麼樣
我還是喜歡他們
成天唱著：
不孤！不孤！

蝴蝶

長榮女中　蘇敏慧

清晨，

蝴蝶還想賴牀。
太陽公公一生氣，
就沒收了她的早點。
蝴蝶只好搖著花扇，
到處去花叢中尋寶。

喝酒

民德國中　黃素貞

聞它　吻它
終於決定吞下它
管他臉會紅　耳會熱
還是心跳會加速
那一切都不重要
重要的是
那醺醺然的快感

心窗

新興國中　李玉英

睜開眼，
一望無際；
闔上眼，
內外俱黑。
阮若打開心內的窗，
高牆就倒下了。

除溼機

長榮女中　蘇敏慧

晴天水氣少，
我是海綿，
兩三下就吸得精光；
雨天水氣重，

我是利尿劑，
又要跑廁所了，
唰——

詩是美的藝術，一般詩人寫成的詩篇，幾乎都是美好的事物，很少會把醜陋的、骯髒的東西寫入詩裡。即使不得已寫進詩中，也幾乎都是用詩句美化，令人看了不覺得醜陋，更不覺得骯髒，反而造成了另一種使人讚嘆莞爾的效果。像長榮女中蘇老師把除溼機當成利尿劑，雨天水氣重/又要跑廁所了，唰！這種比喻雖不甚雅致，但是滿可以接受的。

談到廁所，使我想起瀛海中學的蔡政君老師的，他的〈馬桶〉詩，更把這種「不雅」的題材，發揮到極致的「美詩」，不信？請看：

每當我倆口對口，
你總愛傾瀉滿腹的苦水：
時而氣勢滂沱，
時而斷斷續續。

等你帶走了昨夜的溫存，
留給我的卻是久久未消的吻痕，
和揮之不去的餘味。

在我的國文課班上，三年下學期的新詩習作裡，我讓他們自由揮灑。在我的引導詩例中，特別介紹這首〈馬桶〉詩。當大家悟出了整首詩的意境後，大夥兒都捧腹大笑，拍案叫絕，寫詩的興致因此為之大振。連平日上課愛睡覺、搗蛋，考起試來難得及格的郭宗育同學，也一反常態，不但不睡覺、搗蛋了，而且還帶領著他周遭的難兄難弟們，很認真地寫起新詩來。

過了一會兒，郭宗育那一帶的同學，又開始不安分起來，甚至還鬧烘烘的。我心裡知道又有狀況了，所以叫一位比較老實的同學起來問原因。這位同學站起來說：「老師，郭宗育的詩好變態哦！」聽到「變態」兩字，大家又笑得人仰馬翻。

我叫另外一位同學把郭宗育的作文簿拿過來，一探究竟是怎麼「變態」法。不看則已，我一看也「噗嗤」一聲，笑了出來。大夥兒看到我笑出來，更笑得捧著肚子喊爹叫娘。真的有這麼好笑嗎？請看：

內衣

沒有你，
男人感到不舒服；
失去你，
女人無法很雄偉。
只有天天擁有你，
日子才會過得——
宜而爽、好自在。

每一次教同學寫新詩，或應邀到各縣市擔任「新詩教與寫」的教學演示，常常爆發出有趣的新詩教寫火花。凡是參與過的同學或老師，上完課後，幾乎都覺得新鮮有趣、收穫豐碩。例如，臺南市中山國中劉芳梅老師在「研習心得」上這樣寫說：「今天很難得接受林老師的教導，使我不再拒新詩於千里之外。原來新詩的意境可以那麼活潑、那麼純樸、那麼幽默、那麼哀怨……那麼令人會心一笑，也那麼令人眼紅鼻酸……實在太感謝林老師的教導，讓我覺得此次研習不虛此，值回票價。在此致上最深的敬意，謝謝您！」

在中學國文老師中，像劉老師一樣排斥新詩的為數不少。平日不但自己不看、不寫新詩，更怕指導學生寫新詩。但是，自從參與了活潑有趣的「新詩教寫」以後，大家幾乎不再拒新詩於千里之外了。

原刊於《新講台教育雜誌》六期（二〇〇一年六月）

駐校四週營造童詩學校

自從七十八年起擔任屏東縣國中國文科輔導員後，便開始定期巡迴縣內各國中國文科教學與輔導的工作。同時也進行研修精進創意的作文與新詩教寫，並不斷地把心得與成果撰文發表。八十五年臺灣省中等教師研習會、臺灣省教育優先區教學輔導邀請我擔任講師，到研習會，各縣市面對國文老師講授「創意作文及新詩教寫」，並激勵與會的老師即興創作新詩及研習心得，因而在八十七年底成就了第一本《創意作文與新詩教寫》專書，次年還得到教育廳頒發研究著作甲等獎，獎金四萬元。

民國九十年由中正國中提前退休，接受翰林出版公司的邀請，擔任國中國文課本的編寫委員。因為課本編印得精美好用，所以廣受全省各國中採用。加上曾上過我的課的老師，各自回到學校美言的結果，各縣市國中國文教學研習會，紛紛透過翰林出版社邀請我去現身說法。幾年下來，全省各國中幾乎走透透，創意作文的理念、新詩教寫與批改的技巧，曾遍受到喜愛與肯定，第二、三本專書，也因此相繼出版。

風塵僕僕，南北奔跑久了，漸漸覺得「落葉總須歸根土，月亮還是故鄉圓」，所以只要縣內學校誠意邀請，我都概然接受，以懷抱回饋的心情喜樂赴會。民國百年十月中旬，忽然接到來自內埔鄉龍泉地區的新生國小王錦裕主任的電話，問我有沒有意願到學校指導童詩？我欣然答應，因為該校馮麗珍校長以前是我家小女的級任導師，也是內人在忠孝國小的老同事，當然義不容辭。

在少子化時代的衝擊下，鄉下偏遠地區的學校，學生人數逐年萎縮，新生國小也不例外，全校只有六班，每年級各一班，學生僅有九十多人。馮校長為了學校能永續經營，苦心積慮地想發展學校特色，打造童詩學校就是她的規劃之一。當徵求老師意願時，卻沒人敢承當此重責大任。馮校長便想到我，並給我三項請託：一、全校一到六年級師生，從不會寫詩要教到會寫詩。二、新生校園八景要列入寫詩題材，並有好詩作，以便佈置文化走廊。三、終極目標是能出版「新生國小童詩創作」專集。

為了儘速達成這三項請託，我特地贈送全校師生每人一本我積幾十年教詩經驗編寫成的《少兒詩導讀與教寫》，也以此書作為教寫的藍本。

全校分三個年段施教，每週一高年級、週三低年級、週五中年級，每次各上二節八十分鐘，預計四週八節課完成此項艱鉅任務。第一週教寫重點是讓初學寫詩的孩子不會怕寫詩，甚至於喜歡寫詩，以提高他們的興趣和信心。我從最簡單又有趣的「對話詩」開始，例如：媽媽說：這新聞真是恐怖到極點！／妹妹說：真是恐怖到八點。／爸爸說：為什麼是八點？／妹妹說：因為新聞到了八點就演完了。諸如此類的「童趣詩」，提示五、六首之後，便有如下不錯的「對話詩」萌芽。下列是五甲小朋友的詩作。

媽媽與小狗

沈鈺蓉

媽媽問小狗：「什麼仙貝最好吃？」
小狗：「旺旺！」

作文

胥芳瑀

媽：妳寫作文怎麼寫得那麼無聊啊！
女：那要怎麼寫內容才會精彩？
媽：妳可以加油添醋呀！
女：請媽先等一下。
媽：ＯＫ！
女：好了，請問油和醋要加在哪兒？

愛玩遊戲是小朋友的天性，在教詩的過程中，如果能夠邊玩遊戲邊寫詩，相信會受到小朋友的歡迎和喜愛。我利用一枚雞蛋，在掌心把玩，在桌上滾動，玩呀玩的，玩出了一首詩，也玩了一句妙想：太陽流出來了。由這首〈蛋〉詩的形成，小朋友們頓時覺得寫詩不但不難，而且還很好玩，於是我鼓勵小朋友把自己玩「遊戲」的事情寫成詩。

害羞的含羞草

四甲　劉遠珍

下課了，
我跑到操場，
和含羞草小姐玩遊戲。
我碰她一下，
她害羞的低下頭，
把臉藏起來。

鬼針草

四甲　曹蒳媗

鬼針草愛ㄋㄢˊ人，
ㄋㄢˊ到人的ㄎㄨˋ子上，
跟著人們去遊玩，
被人發現了，
只得另外找個替死鬼。

第二週我從家中帶來一些水果，有愛臉紅的蘋果、像月亮、像船的香蕉、像大鼻子的蓮霧、酷似星星的楊桃，以及愛爬樹的木瓜。其他帶不來的，便從水果月曆中剪下圖片，學校老師也拿出蠟水果來助興，於是一場水果詩的饗宴，便熱熱鬧鬧的展開了。我帶領他們認識水果的特性，找出可寫詩的切入點，共同聯想出詩句，並請級任老師板書，而完成一首首的詩例。我告訴小朋友練習寫詩時，題目可以一樣，但內容、詩句不可抄人家的，要自己用心想，想的越妙越好。於是一首首的妙詩，便紛紛的誕生了。

香蕉

三甲　何孟凡

香蕉飄呀飄，
漂到小河裡變小船。
香蕉飄呀飄，
飄到天上變月亮。

楊桃

五甲　彭光紓

白天在樹上當楊桃，
晚上跑到天上當星星，
真不知他是楊桃，
還是星星？

通常我上課都選二、三節，中間有三十分鐘的課間活動，可讓小朋友整理詩稿，老師行間輔導、批閱。下節上課時好作品公開表揚、分享，並激勵其他同學習作。

一般小孩子的天性，都喜歡小動物。所以我利用剩餘時間，陸續介紹愛說「沒」的羊、紅屁股的猴子、滿頭白髮的白頭翁、尾巴像剪刀的燕子、破蛹而出的蝶兒，以及在天上架影橋的飛鳥等詩例，來帶領小朋友寫出有趣的動物詩。

公雞

五甲　彭光妤

公雞是個大聲公，
每天一大早，
就想跟太陽公公吵架。
太陽公公修養好，
只是瞪著大眼睛不理牠。

青蛙

五甲　陳彥翰

青蛙很膽小，

只敢欺負弱小，
一看見蛇，
便嚇得臉都變綠了。

第三週我分別以學校生活學習及家庭親情生活作為教寫主軸。學校生活的趣事很多，只要用心想、認真捕捉，隨時隨地都可以寫成詩。例如：「粉筆拿在老師手上很聽明，拿在我手上就變笨了。」的數學課：「小妹妹什麼也不會，讓她當校長算了。」的遊戲：「墨在硯臺裡，一會兒游泳，一會兒溜冰。」的磨墨；「秋千和滑梯也沒睡午覺，站在教室外等我」的午睡等詩例演示後，小朋友個個躍躍欲試，似乎也想到了自個兒的生活趣事，沒多久一首首的詩作，便傳到他們老師的手上。

洪叔叔謝謝您

六甲　包震霆

學校一有客人來訪，
就一定會稱讚我們學校的環境很好。
讓我們學校環境變好的人，

是最愛護學校的洪叔叔。
洪叔叔是小朋友安全的守護天使，
是校園花木的辛勤園丁，
是師生有事時的宅急便。
洪叔叔我們敬愛您、感謝您。

忽聞工友洪順基先生驟逝，全校師生甚感哀悼與不捨，震霆小朋友把悲傷化成詩來紀念洪叔叔。

第二節時，除了親情詩外，我還鼓勵小朋友不限制主題，可以海闊天空、自由自在的揮灑，這方面收穫頗多，限於篇幅，選錄幾首較具代表性的詩作，提供大家分享。

上夜市

六甲　朱宛玲

每次跟爸爸去夜市，
爸爸總是問我：
你要玩什麼？

我說要玩套圈圈、打彈珠、……
我回頭問爸爸：
您要玩什麼？
爸爸說：你開心就好了。

砍柴

六甲　包震霆

爸爸帶我上山砍柴，
他教我怎麼砍樹，
爸爸隨意的砍下去，
結果樹斷了。
爸爸叫我試一試，
我拿起斧頭用力砍下去，
樹卻沒事，
到底是怎麼回事？

駐校最後一週，我以「新生校園八景」為重點，輔導小朋友習作。在一、二週前我便提醒級任老師，找機會帶小朋友到現場觀察體驗。我自己也不忘記隨時捕捉靈念試寫，做為指導學生的詩例。例如每次到校，還沒進入校門，就已感受到「桂樹迎賓」的強烈體認，很自然的寫下詩作：

桂樹迎賓

林瑞景

從龍泉路上彎進新生國小，
兩旁桂花樹，排列整齊，
千百隻綠手　迎向訪客，
朵朵白花　展露歡心，
陣陣花香　溫馨撲鼻，
人未入校　心曠神怡。

就這樣以我的體認，引導小朋友去體驗，加上點燃詩例的火花，而爆出了許許多多的美麗煙火。因為擔心篇幅過多，第二景以後只得省略我的詩例，各景選錄、一二首較富有童趣味的校景詩，提供大家分享。

桂樹迎賓

四甲　賴文意

兩行桂樹排排站，
風阿姨來了，
扭腰擺擺手；
雷公爺爺生氣了，
嚇得直發抖；
客人來了，
趕緊打起精神，
散發甜甜的香氣，
迎接貴賓來作客。

紫語花道

五甲　沈鈺蓉

春夏，
我穿了好多的綠衣服，
戴著紫色的頭飾，
大家都說我很美麗。
秋冬，無情的寒風偷走了我的衣飾，
害我光禿禿的站在路邊，
大家都說我變醜了。

青青草原

三甲　李孟庭

青青草原像大地的頭髮，
頭髮留長了，
是昆蟲們可愛的家；

頭髮剪短了，
就是我們的遊樂場。

欣欣向「榕」

四甲　朱芮盈

榕樹爺爺有一條條長長的細毛，
人家叫他修剪一下。
他說：不剪！不剪！這樣小朋友才肯和我作伴，
把我的細毛當鬍子玩。

民國百年的最後一日，新生國小舉辦三十五週年校慶暨親子運動會。學校印製了八份半張道林紙大的「新生國小校園美景」海報擺在中庭走道旁。美景有兩張圖片、四首學生童詩，及介紹美景短文。家長、來賓觀後，甚感驚豔，頗為讚賞。因此馮校長的第二項託付，也有了完美的交待。

至於第三項託付，以及總體的成果，我不便多吹噓，想借用五甲級任陳淑慧老師在第十五期《親師橋》校刊中，對我這次〈駐校四週營造童詩學校〉的評論，作為本文的總結：

學校為開啟孩子的童詩創作潛能，於十一月份邀請曾擔任屏東縣國教輔導團國文科輔導員、退休教師林瑞景老師前來進行童詩的教學。

林老師的童詩教學循序善誘，先引導孩子們嘗試以有趣的對話來創作成「詩」！再從觀察水果、身旁親人與學校生活，最後將新生的校園八景引領入詩，帶領孩子進入「寫詩」的世界！讓學習從感官出發，引導孩子們覺察生活周遭的人事物，將自己的所覺、所察化成一首首充滿趣味的童詩，人人成為生活中的小詩人，讓生活的美景無所不在，生活的趣味垂手可得。

孩子們在林老師四次的教學後，以新生的校園八景為創作題材，創作出許多精彩且饒富趣味的童詩。學校將會將孩子們的優秀作品，編輯成新生的詩冊，請大家拭目以待吧！

後記：本文完稿之際，欣聞馮校長榮調屏東市民和國小；王錦裕主任榮陞太平國小校長，真是可喜可賀。

原刊於《屏師校友通訊》一三七期（二〇一三年四月）

萬年溪畔的童詩饗宴

近年來，少子化潮流的衝擊下，各級學校都有招生不足的困擾。屏東市郊的建國國小，從全盛時期的五、六十班，如今只剩下六班，學生數才一百出頭，幾乎將要走入併校或廢校的命運。

一年多前，朱勝斌校長接掌校務後，眼看學校的興廢，迫在眉睫。於是便挽起袖子、捲起褲管，戮力把學校整頓成兒童樂園，讓孩童們喜歡上學。另外也想營造幾種學校的特色，其中建立「萬年溪生態教學館」為首要任務。這是因為學校建在萬年溪畔，小朋友朝夕都會親近它，萬年溪的生態研究，作為教學特色，可說是得天獨厚。

一〇二年十月初，忽然接到朱校長的電話，先告訴我他的構想，想請我去指導小朋友寫童詩，會寫以後，再以萬年溪作為專題創作，並出版童詩專輯。有鑒於朱校長的用心和誠意，我便欣然應允。

經過課前調查，除了四年級有兩位小朋友寫過童詩外，其餘的都不曾寫過。為了讓小朋友對寫詩產生好感，建立信心，培養興趣，我先從簡易有趣的「童話詩」開始，接著一面玩遊戲；一面寫詩；一邊把玩水果、器皿、一邊引出寫詩的靈感。就這樣每週一次兩節生動活潑的童詩課，利用七週分別寫出了動物、植物、水果、日常用品、學校趣事、家人親情、四季聯想等詩篇。各年級電腦檔案裡滿滿的好詩，文化走廊也掛滿了有詩有畫的好作品。

萬年溪的興衰、整治，歷史悠久，不是三言兩語可以介紹清楚。剛好，我的老同事、也是實驗電影金穗獎常客邱才彥老師，曾為屏東縣政府專案拍攝萬年溪影片『流向萬年——城市新溪望』（約十五分鐘）。蒙他提供，成了我第八週「看影片寫童詩」的最佳助手。

影片是由一對漂亮的翠鳥母子對話開始，敘說早年溪水清澈，兩岸風景怡人，溪中的游魚、水鴨、擣衣、划船等，令人懷念的鏡頭。後來人們不懂珍惜，貪圖方便，污水往溪裡排，垃圾往河中丟，於是萬年溪變成了「萬年臭」。有位縣長還異想天開，用水泥加蓋，結果更糟。現任曹縣長費盡心力，從源頭引進活水，用生態工法整治河道，打掉水泥蓋，修築兩岸人行步道，廣植美麗花木，遂使萬年溪成了人人喜歡親近的「母親河」。

這段整治過程，六年級小朋友感受最深刻，所以成就的好詩最多，今列舉代表性的三首提供欣賞。

萬年溪是母親河

六年一班　楊諍婕

髒亂的臭水溝
轉換成了乾淨的棲息地
因此許多的朋友都來了
像白鷺鷥、翠鳥、白頭翁等
都來這裡作客
並觀賞我們的「母親河」
地方上老老少少的鄉親
也都很喜歡來到這裡
散散心
希望萬年溪也能像他的名字一樣
長壽萬年

萬年溪的自述

六年一班　程翊翔

我的名字叫萬年溪
我養育了許多的孩子
從以前到現在竟然已經一萬年了
但卻有一些不孝子嫌我臭
要用水泥把我關起來
我的老朋友翠鳥和白鷺鷥
都被迫離開
我的草孩子和樹孩子也被挖掉了
在我快絕望時
我的孝子們趕來了
他們敲碎了水泥蓋
從源頭引來乾淨的水源
不再讓污水弄髒我的身體

也不再把垃圾往我身上丟
更把草孩子和樹孩子種回來了
現在我又復活了
我的朋友們也回來了
這樣我就能一直活下去
養育更多更多的孩子

笑嘻嘻的萬年溪

六年一班　呂俊毅

之前我被叫萬年臭，
大家對我嗤之以鼻；
現在我被叫萬年溪，
大家都愛我這條溪，
天天皆和我笑嘻嘻！

寫完了萬年溪的演變後，接著該寫些萬年溪的特殊生態和景點，可以單獨特寫，也可以綜合描繪。正如同程翊翔小朋友在「萬年溪的生態」一詩中寫的：

萬年溪的生態千奇百怪
翠鳥在天上飛翔
魚兒在水中遊戲
石頭和河水在溪中合唱
樹木在岸邊跳舞
石牆在溪邊守護
景觀橋在空中展開雙翅
鷺鷥橋吊在半空中當搖籃
花兒和綠草在橋下喝水
人們在步道上邊走邊觀賞
一切都是那麼美好幸福

為了讓小朋友更進一步了解特殊生態或景點的特寫，我從網路上找出萬年溪的美麗圖片，下載到影幕上，供小朋友參考，並告訴他們寫詩時如何切入。也為了拋磚引玉，我即興寫了一首〈萬年溪上的魚〉和〈萬年溪的石頭〉作為「領頭羊」：

萬年溪上的魚　外一首

林瑞景

千禧公園萬年溪上，
有座像搖籃似的鷺鷥橋。
橋下有一群聰明的魚，
看到有粉絲來拜訪他，
高興的跳起來像海豚；
有人拿釣竿想釣他，
不屑的吐泡泡說：
「我不是你的菜！」

萬年溪中的石頭

以前疏通水道，
要把擋水的石頭搬走；

現在的水道生態工法，
卻把石頭拋進河道擋水。

萬年溪中的石頭好處多多；
除了不讓河水過於湍急，
好讓魚兒悠游其間，
鳥獸也可停息在石頭上覓食。
尤其溪水沖擊石頭，
製造一串串好看的珍珠項鍊，
奏出天籟般不知名的沖擊音樂。
水淺時，
遊客還可以腳踩石頭，
和水玩親親。

小朋友的領悟力，真的是不同凡響。不多久，領頭羊後面緊跟著一、二十隻，頭好壯壯的小羊。現在選錄幾首較具代表性的詩作，與您分享：

萬年溪的翠鳥

六年一班　林利羽

萬年溪的翠鳥
每天都快快樂樂的飛翔
再也不用擔心住處被破壞
再也不用煩惱小魚兒會短少
天天都「啾～啾～啾～」的唱著：
「啾開心！啾開心！啾開心！」

景觀橋

六年一班　黃煜婷

萬年溪當哥哥了，
多了一個天使妹妹。
天使妹妹每天都展開翅膀，
飛向天空和小鳥們玩，

留下萬年溪和石頭作伴，
每天唱著哀淒的歌，
流下許多的眼淚。

萬年溪的小草

六年一班　程翊翔

萬年溪的小草微不足道
只要別人一踩就會趴下
萬年溪的小草只有一種顏色
根本比不上花兒的五顏六色
但他很堅強
就算你踩他好幾下
他也不會喊痛
仍然會再站起來
他能在石牆中生存
比那些花兒還要厲害

萬年溪的小草雖然微小
但腳下卻擁有整片大地

幸福步道

六年一班　莊郁琦

萬年溪步道，
遠遠地向我招手；
美景在眼前，
溫暖跑來和我握手。
一步一步向前走，
走上幸福的步道。

萬年溪開轟趴

六年一班　鄭伃珊

為了慶祝萬年溪整治成功，
準備開個盛大轟趴，

邀請朋友們來參加。
夜幕低垂時，
橋身的LED燈控亮了，
景觀橋佈滿了點點繁星，
萬年溪畔夜景閃爍燦爛。
客人陸陸續續來了：
翠鳥媽媽、
綠頭鴨爸爸、
白鷺鷥叔叔、
烏龜哥哥、
松鼠弟弟、
都來到會場。
有的邊跳舞邊說笑，
有的邊享用茶點邊欣賞夜景。
大家過了一個難忘的轟趴之夜。

每次上童詩課，我把自己當成廚師，總想把新鮮、營養、美味的食材，料理成令人垂涎三尺的食品，讓小朋友食指大動，吃得津津有味。因此童詩課小朋友都很珍惜，視同一堂童詩饗宴。下了課又開始期待下週童詩課的來臨，所以對即將結束的童詩課很不捨，對我的離開更不捨。在第九週「天馬行空寫童詩」課裡，黃培裕小朋友的「捨不得的童詩課」是這麼寫的：

在三個月的相處，
我看見老師您的慈祥，
您細心的叮嚀、教導，
我會放進心裡，
天天叮嚀自己：
繼續把童詩寫好。
謝謝老師讓我有開心的三個月，
希望未來我們還能見到您！

期盼新生國小成為有名的童詩學校

自從教詩以來，我始終認為，小孩子本身和聰明老師的腦袋裡，藏有很珍貴的「詩」礦，只要他們有心想寫詩，我就是有辦法使出各種招數，激勵他們寫出一首首連自己都意想不到的詩來。像這次新生國小全校學生經課前調查，只有二位小朋友曾寫過童詩，其他的從不會寫詩。但經過四週八節課的引導後，個個都懂得寫詩，有的還寫得很棒呢！例如：

媽媽與小狗

五甲　沈鈺蓉

媽媽問小狗：
「什麼仙貝最好吃？」
小狗：「旺旺！」

又例如：

害羞的含羞草

四甲　劉遠珍

下課了，
我跑到操場
和含羞草小姐玩遊戲。
我摸她一下，
她害羞的低下頭，
把臉藏起來。

小朋友，上面兩首詩是不是很簡單又有趣？也許你會想，這麼簡單的詩我也會寫。是的，你應該會，只是你深藏在腦海裡的詩礦不挖出來，永遠是礦，而不是「詩」。要怎麼挖？還要靠你多看詩，多聯想，加上老師的臨門一腳。

每次在新詩教寫的場合，我常告訴與會的學生、老師們，一首詩之所以好，是要含蓄，不必明寫；多一些象徵，少一點直陳；可以影射、暗喻的，不必點出。譬如：

自然課

五甲　胥芳瑀

自然課到了，
好多好多的儀器等著我；
但是老師說今天不做實驗，
她們只能夠呆呆的看著我。

親愛的小朋友，你的詩礦老師已替你開採過了，相信大家收穫滿行囊。這本詩集已留下珍貴的紀錄。老師期盼往後的日子裡，會有更多更好的詩作陸續發表，期盼新生國小成為有名的童詩學校。

九　兒童文學故事

「誰最偉大」演出劇本

場景：在教室裡。

人物：黑板、粉筆、板擦、成績揭示板、課業椅、講桌及教室先生。

時間：放學後，教室裡空無一人。

幕啟：學生放學後，原本冷冷清清的教室，因教室裡的各種用具的不安份，頓時變得熱鬧起來。

「同學演出前，要先背熟臺詞，並把動作、表情融入臺詞中，這樣才會演得逼真，才會有戲劇效果。好，大家準備開始演出了。」

美輪美奐的新教室落成了，工人們搬入一張漂亮的新講桌；許多學生也陸陸續續地搬來了課桌椅，整整齊齊地排列著；木工也高高興興地跑進教室，把後面的成績欄安裝上了精緻的壓克麗板。原本冷冷清清的教室，頓時變得熱鬧起來。

站在前頭的黑板，首先驕傲地說：「各位，請安靜。今天起我們大家相聚在一堂，真是有緣。不過，像剛才各位吵吵鬧鬧總是不雅，所以我覺得我們中間，似乎需要有一位最偉大的出來領導大家。」黑板先生整整領帶，昂起頭繼續說：「看來看去，偉大的應該是我。因為教書的老師沒有我，便不能上課；學生聽講時，更少不了我……」

粉筆不服氣地站起來說：「黑板先生別吹了！要不是我在你臉上塗上漂亮的白粉，誰會喜歡你那副黑臉。我想，我才是最……」

「喲！粉筆弟弟，看你那副德性，好像得意得很呢！」板擦搶了粉筆的話，接著說：「要不是我把你黏在黑板先生臉上的東一塊西一塊髒粉擦掉，那簡直是難看死了！我看我才是最有用、最漂亮的一個……」

「哼！你那花花臉，漂亮個鬼，妳還是去照照鏡子吧！」站在後面的成績揭示板不屑的說。

「大家別吵了。說來說去，我還是最重要、最偉大的；沒有我，根本就不能上課。」課桌椅說。

「矮子，你神氣什麼！論身體，你是排骨；論高度，又比我矮了半截。而且，每次老師上課，都在我身邊打轉，捨不得離開我。可是，我從來就沒看過老師和你親熱過，這怎麼能說你比大家重要？從這裡可以證明，我是最偉大的……」講桌很激動地說。

「不對，是我！」

「不要厚臉皮了，應該是我。」

「你才羞呢！是我……」

大家你一句我一句地爭吵著，始終無法選出最偉大的一個出來領導大家。這時，從大家的頭頂上，忽然傳來宏亮又低沈的聲音說：「嘿！你們都錯了。請你們抬起頭來看一看，你們如果沒有我，怎能相聚在一堂？」大家正詫異間，教室先生繼續說：「其實，沒有我，你們怎麼能夠進來？但是反過來說，沒有你們每一個貢獻出自己的力量，學生們又怎能安心、順利地上課？所以，你們每一位都很重要，也很偉大，也唯有靠大家的互助合作，才能發揮每一位的才能，表現出每一位偉大的事業……」

這時，他們都覺得非常慚愧，不應該不自量力，自我吹噓，個個都決心盡自己的本分，為學生們獻出最好的服務。

原刊於《青年戰士報》（一九七〇年十二月二十八日）

小花鹿找幸福

一

「回來囉！」小花鹿卡卡揹著書包，興沖沖的回到家，和往常一樣先和家人打招呼說回來了。

「卡卡，趕快先洗澡、做功課，等爸爸下班回來，就可以開飯了。」鹿媽媽在廚房也和往常一樣，提醒卡卡做這做那的。

「媽，同學都在大草原的廣場等我，我們要一起玩棒球，我先去玩一下好嗎？」卡卡問媽媽。

鹿媽媽說：「不行！很快就要天黑了，外面很危險。虎、豹、獅、狼那些壞蛋，隨時都可能出現。」

「他們都可以玩，從來也沒出過事，為什麼我不行去？讓我去嘛！」

「不行就是不行。再不聽話，我可要生氣了。」鹿媽媽在廚房使用鍋鏟的聲音，忽然提高了不少。

小花鹿卡卡心裡想：媽媽的命令就是聖旨，再爭也沒有用，只得呶著嘴，心不甘情不願的走進浴室，遵照媽媽的指示，一件件的照單全收了；而且還要樣樣做得完美。

吃飯時，卡卡想起從後天開始，便要放三天的連續假期，所以得先徵求爸媽的同意才行：「爸，我後天想去旺可家做功課好嗎？」

「真的是去做功課？」

鹿爸爸看到卡卡低著頭說話，便覺得事情必然有些蹊蹺。

卡卡說：「功課寫完以後，順便玩一玩電視遊樂器。」

「家裡不是有電腦的遊戲嗎？在家裡玩不也是一樣？」鹿媽媽說。

卡卡說：「那才不一樣呢！他家的遊樂器又大又新，還有最新的『瑪利歐六代』。聽同學說：他為了救被軟禁的公主，不顧一切的衝進城堡，大破每一道千奇百怪的機關，最後救出心愛的公主。他們都讚不絕口的說：既好玩又刺激，不玩會後悔一輩子。爸！拜託讓我去玩一次見識見識。拜託啦！好嘛？同學們常笑我是一個『讀書是天才，電玩是蠢才』，您知道嗎？」

鹿爸爸說：「卡卡，爸爸不是向你講過：讀書的孩子，要專心讀書，千萬不要和電動玩具做朋友，因為它會害好孩子變成壞孩子。所以爸爸媽媽不希望你去碰電動玩具。」

「只去一次，也不是常常去玩。」

「有一次就會有第二次，有了第二次以後，就會沒完沒了。」鹿爸爸接著告訴卡卡：「為什麼有這麼多的孩子沉迷在電動玩具裡，他們起初也是和你一樣的想法：只想玩一次就好。結果呢？就玩上癮了。所以我是不准你去！」

卡卡心裡好失望，看著滿桌子豐盛的晚餐，一點兒胃口也沒有，勉強吃了一碗飯，就說吃飽了。放下碗筷急忙的跑進書房，連每天最喜歡幫媽媽洗碗，一邊跟媽媽聊天的事也不屑做了。

第二天一大早，卡卡揹著書包走進學校，遠遠的便看到教室裡有一大堆的同學圍在一起。卡卡心裡暗忖：不知發生了什麼事？因此加快腳步走進教室。

老師還沒來，胖嘟嘟的肥肥提了一大包的零食和飲料，正一人一份的分送給同學享用。

「肥肥，你真『闊』！買了這麼多好吃的東西給我們吃，我們大家都愛死你啦！」大個兒吉吉奉承似的，給肥肥一個飛吻。

「吉吉，你少肉麻了！」一向正直出名的班長凱凱阻止吉吉肉麻下去，並關心的問：「肥肥，說正經的，你買這麼一大包可要花很多錢，你爸爸到底一天給你多少零用錢？」

「不多啦！只不過一天給一張而已！」肥肥平平淡淡的說。

「一百元是嗎？」

「不是，是一張一千元的。」

「哇！我的天呀！一天一千元。」

大家異口同聲的驚叫一聲，還吐出長長的舌頭來。

「一千元是固定的。我爸爸還特別替我申請了一張信用卡附卡，和一張郵局的提款卡。這樣有時候不夠用時，我隨時可以到百貨公司或超市刷卡買東西；缺錢時可到提款機前提領現金。」

肥肥一面說，一面得意的從口袋中掏出信用卡和提款卡，大家都露出羨慕的眼光看著肥肥。

卡卡低著頭走回座位，落寞的坐在椅子上。心裡想：肥肥的爸媽對他真好，每天給他這麼多的零用錢，出手大方的買東西請客，難怪大家都喜歡和他做朋友。而自己在家裡，雖然不愁吃、不愁穿，但是爸媽從來都不給他零用錢，說什麼好孩子從小就要養成節儉的習慣，不可以亂花錢。但有時候在外頭，肚子餓了、口渴了，看大家吃吃喝喝的，心裡著實羨慕有零用錢可花的同學。

下課了，卡卡的心情不知怎麼搞的，就像天氣一樣陰沉沉的。

卡卡悶悶不樂的走向清靜的中庭，在石凳上坐了下來。他看著陰霾的天空，想著一連串的心事。

二

最近，卡卡不知道為什麼，總是覺得在他的生活中，好像缺少了些什麼，渾身不太對勁。

後天，也就是連續假期的第二天，是和小花鹿卡卡從小青梅竹馬長大的玲玲的生日。前幾天，玲玲告訴他這次生日，準備邀請一些同學和幾位好朋友舉辦生日派對。還特別提醒卡卡，屆時的穿著不要太寒酸，要穿得體面些，免得有失面子。

吃過晚飯，爸爸有事外出，卡卡坐在客廳看電視，媽媽忙完了廚房的事，也坐了過來。卡卡便跟媽媽說：「媽，後天是玲玲過生日，我想送一份生日禮物給她好嗎？」

鹿媽媽說：「可以呀！以前你過生日時，不是有很多朋友送給你一些不實用的禮物嗎？就找出一份重新包裝，轉送過去不就行了。」

「不好吧！這樣太失禮了。」

卡卡很覺委屈的說。

鹿媽媽不以為然：「有什麼關係，反正生日禮物就是這樣送來轉去的。」

卡卡又問：「那天要開生日舞會，我要穿什麼衣服、鞋子？」

「衣櫥裡不是有一套剛買不久的休閒服，媽媽明兒替你燙一燙就很漂亮了。至於鞋子，明天一併替你洗乾淨，就可派上用場了。」鹿媽媽建議說。

「不要！那套有夠土，我不喜歡穿。我們同學都穿名牌的，叫什麼『拉可斯』、『鱷魚』的；鞋子不是『耐吉』，就是『將門』。只有我穿的是廉價的雜牌貨。」卡卡這樣子說。

「我們要懂得節儉，懂得知福、惜福。只要穿得乾乾淨淨、整整齊齊，加上心地善良、舉止文雅，穿什麼都很好看。如果愛慕虛榮，浪費奢侈，老天爺知道了會不給我們好日子過的。」

「又來了！講了幾百遍了，都是老套，聽都聽膩了。」

卡卡生氣的呶著嘴，悻悻然的跑進書房，重重的把門「碰」的一聲關上。

放假的第一天，卡卡賭氣的把自己關在房裡足不出戶。為了打發無聊，他便東摸摸、西翻翻，一整天下來連自己也不知道做了些什麼？實在是一生中最難熬的一天。

第二天，卡卡實在憋不住，便走出房門到客廳。他坐也不是，站也不對，一不小心打破了爸爸心愛的花瓶，還把熟睡在搖籃中的小妹妹嚇得哇哇大哭。媽媽很不高興的把卡卡罵了一頓，卡卡也沒好臉色的頂撞了幾句。結果爸爸看見了，氣得抓起棍子猛打卡卡的屁股。卡卡痛的直跳腳，傷心的衝進房間，又是「碰」的一聲，房子幾乎快要塌下來似的那麼恐怖。

小花鹿卡卡躺在床上，一面抽抽噎噎，一面忿怒的叫喊：「哼！他一定不是我爸爸，不然，怎麼會這麼狠心的打我。難怪，自從妹妹出生以來，媽媽整天抱著妹妹；爸爸也只逗著妹妹玩，從不再正眼看我一下。像這樣的家，要什麼沒什麼，也不受到重視，更從不顧全我的面子和聽我的意見；更可恨的是，竟然還打我。恨！恨……」

卡卡又想：「唉！父母既然不要我了，在這裡又沒有一絲絲的幸福，那何必再留下來？我只好獨自一人到外面去找我的幸福了。」

本來，卡卡還冀望一向比較疼他的媽媽會進到房裡來安慰他一番，可是，哭了老半天了，喉嚨已經哭得沙啞了，還不見媽媽的蹤影。這太令卡卡傷心、失望了。

「媽媽好絕情，和爸爸是一國的，甘願做爸爸的幫兇。竟然你們這麼絕情，就別怪卡卡對你們無義了。」

想到這兒，卡卡掀開棉被，從床上跳起來，穿上平常最喜歡穿的衣服，收拾簡單的行李，輕輕的打開房門，從門縫窺看，家裡好像空城。卡卡穿上鞋子，躡手躡腳的走出大門，開始他平生第一次的「幸福之旅」了。

一路上，卡卡不停的問自己：什麼是「幸福」？怎樣的生活，才算得上是「幸福」？小小年紀的卡卡，對這樣的問題百思不解。

「喔！我知道了。」突然卡卡想到：「像肥肥每天有那麼多的零用錢，可買很多的零食，是幸福；像旺可家有那麼多千奇百怪的電動玩具，每天除了讀書外，隨時可以上機大玩特玩，這是幸福；像玲玲有滿衣櫃的名牌衣服，穿在身上、走在路上，是多麼威風、那麼神氣，這是幸福；像有些同學放學後或例假日，可以自由自在的出去玩耍、打棒球、滑草、捉迷藏等，不用天天關在家裡生悶氣，也是幸福。這些幸福我過去都沒享受過，今天難得逃出來了，可要好好的爽二下。」

「不對！不對！我不是『逃』出來的，我是正正當當『走』出來的；不是出來做壞事，而是出來找幸福。對！先到旺可家，幫瑪利歐六世過五關斬六將，把公主救出來，爽一下『英雄救美』。」卡卡越想越是高興。

三

以前去旺可家還沒走到大門，便可聽到電動玩具的響聲。今天卻怪怪的，卡卡已經進入大門，居然靜悄悄的一點聲音也沒有。敲敲門，等了許久，旺可才垂頭喪氣、無精打采的走了出來，好像發生了什麼事似的。

卡卡奇怪地問：「旺可，怎麼了，什麼地方不對勁？」

旺可說：「糟透了，一言難盡。」

卡卡說：「說說看，到底發生了什麼事？真急死我了！」

「我爸前天從國外回來，剛好學校寄來成績單。他看到我的成績一落千丈，幾乎科科紅字，便火冒三丈，拿了籐條、皮帶往我身上抽，把我打得遍體鱗傷。」旺可一面說著，一面抓起衣袖，真的是傷痕累累。

卡卡真的好吃驚：「你媽怎麼沒站出來救你？」

「有啊！我媽看到我被打得死去活來，不忍心地用身子擋著我，想阻止我爸繼續施暴下去，沒想到我爸好像著了魔似的，連我媽也一起抽打。我媽氣不過，便和我爸打起來，結果全家大小都皮破血流。現在，他們到律師事務所好像要辦離婚。」

卡卡緊張地問：「你沒勸他們不要離婚嗎？如果真的離了婚，那你以後的日子可就慘了。」

旺可哭喪著臉：「有啊！但是他們都不聽。我甚至於跪下來求他們，發誓以後絕不再玩電動，從今以後一定發憤用功，可是他們很固執。」

「你家的電動，怎麼都不見了？」

「我爸爸一氣之下，打電話叫清潔隊當廢棄物載走了。」

卡卡到旺可家本來想痛快的玩一下電動，爽一下自以為是的幸福，萬萬沒想到玩電動的下場，會如此淒慘！

四

走呀走的，太陽公公已經走到頭頂上了。卡卡的肚子開始有點餓了，口也渴了，摸摸口袋又沒帶錢，怎麼辦？忽然想到肥肥，相信他可以治治飢餓和口渴，便拐了個彎，走向肥肥的家。

「卡卡你來了，有事嗎？」

出來開門的是肥肥的爸爸。

卡卡問肥肥的爸爸：「伯伯好，肥肥在家嗎？」

肥肥的爸爸說：「肥肥住院去了，我是回來拿他的東西。」

卡卡嚇了一跳：「怎麼了，好好的為什麼要住院？」

「昨天晚上肥肥忽然肚子絞痛、嘔吐不止，幾乎痛得差點休克，所以緊急送醫院。醫生說他有糖尿病的現象，必須住院徹底檢查治療。」

卡卡好吃驚：「為什麼會這樣嚴重？」

肥肥的爸爸說：「醫生說，肥肥本來就比較胖，加上吃得多、喝得多，尤其那些零食和飲料，造成他血液中的血糖過多，連帶的排出來的尿中也含糖，而形成尿酸中毒。」

「哇！有這麼可怕？」

「是啊！所以你們還是少吃那些垃圾食物，少喝那些含糖份及化學添加物的『運動飲料』。不然以後的日子會有苦頭吃，搞不好三、兩天還要洗腎一次，那才痛苦死了。卡卡，你難得來，要不要進來坐一坐？」

「不啦！伯伯還要趕去醫院，不再打擾您。請代我向肥肥問候，再見！」

五

過去，大家都羨慕肥肥有那麼多的零用錢，可以隨心所欲的吃吃喝喝，是多麼的幸福。可是如今年紀輕輕的肥肥，卻因為這份「幸福」，而躺在病床上，到底是幸福呢？還是不幸？卡卡的小小腦袋，實在想不透！

看看手錶才一點多，距離玲玲的生日舞會還有一段時間。卡卡想：不要太早去打擾她。可是肚子不爭氣，口也渴死了，怎麼辦？

「……也好，假藉去幫忙佈置場地，早一點到場，找機會解決民生問題。」卡卡自言自語地加快步伐，直向玲玲家走去。

「玲玲在家嗎？」

玲玲家靜悄悄的，按了幾次門鈴都沒反應，卡卡準備返身離去時——」

「誰呀？」玲玲的媽媽怯生生的探出頭來問。

「是我，卡卡。」

「喔！卡卡。我打了好幾次電話，你家都打不通。」

卡卡說：「有事嗎？」

玲玲的媽媽說：「玲玲不見了。先前是想問你玲玲有沒有去你家？後來綁匪來電話，要我們交出一千萬贖款。那個綁匪，真可惡！好沒天良，我家那來的一千萬？」

卡卡很吃驚的問說：「玲玲在什麼地方被綁架的？」

玲玲的媽媽傷心地說：「今天玲玲生曰，早上說要上街買開舞會用的東西，在路上被綁走的。」

「有沒有報警？」

「歹徒不准我們報警，否則要撕票。但是我家又湊不出一千萬，所以才到處打電話借錢，但仍湊不齊。後來歹徒又來電話時，她爸爸懇求歹徒少拿一些，他們竟然說：玲玲身上穿的是名牌的進口貨，手上戴的是名錶，身上還擦了名貴的香水，像這樣的家庭硬說沒錢，鬼才會相信。所以他們硬是不肯減價。玲玲的爸爸急得沒辦法，只好去警局報案了。因為家裡只剩下我和玲玲的弟弟，所以才把我嚇壞了。卡卡，你是玲玲的好朋友，你說要怎麼辦？」

卡卡說：「我出去找找看，看看能不能找到一些線索？」

卡卡走走尋尋，不知不覺的已走進了荒郊野外，但連一點玲玲的蹤跡也未曾發現。

太陽公公醉醺醺的要回家休息了，大地也開始暗了起來，不遠處還傳來陣陣獅吼、虎嘯的聲音。

小花鹿卡卡望望四周，想想情況不妙，便三步併成二步地急著想返家。但說時遲，那時快，一隻大老虎直撲過來，卡卡嚇得昏了過去。

六

醒來時，眼前有很多熟悉的臉龐，媽媽哭紅眼睛的臉首先靠了過來：

「謝天謝地！卡卡，你終於醒過來了。早上妹妹發高燒，我和你爸爸急忙將妹妹送醫，疏忽了你，對不起！」

爸爸焦急中帶有喜悅的臉也靠過來：「是好心的大象爺爺拚了命用大鼻子把你救回來的。幸虧只有手和腳受了一些抓傷。」

穿了一身樸素衣服的玲玲也走近身來：「我是趁著歹徒野狼不注意時，請松鼠弟弟咬斷了繩子脫險回家，也抓到了綁匪。你看！這套衣服還好看吧！」

旺可俏皮的擁著卡卡說：「你可以放心，我爸媽和好如初了，我也決定再也不打電動，要把心放在功課上了。」

肥肥的爸爸握著卡卡的手說：「醫生說肥肥的病不嚴重，只要以後注意飲食，定時定量，多吃天然食物，按時服藥，很快的肥肥便可恢復健康了。」

小花鹿卡卡看到大家對他這麼好，而自己卻不知好歹，想著想著，鼻子一酸，「哇」的一聲哭了起來，拉著媽媽的手，哽咽的說：

「媽，原諒我！都是我不好，以後我絕對不再去找什麼鬼幸福了。」

一直站在旁邊的羊老師，感動的輕拍著卡卡的肩膀說：「其實幸福就在你心中，不要身在福中不知福。」

十　少兒詩導讀與教寫

當總統

林瑞景

祖孫路過凱達格蘭大道。
「融融，這是什麼地方？」
「總統府啊！」
「融融長大後要不要當總統？」
「不要！」
「當總統很棒耶！為什麼不要？」
「我有把柄在阿姨手上。」
「什麼把柄？」
「我洗澡時脫光光，被照相了。」
「那有什麼關係？」
「當總統沒穿衣服羞羞羞！」

導讀與教寫

大人一句無心的話，往往會帶給孩子長久的不能忘懷，或一輩子的禁忌。

詩中的阿姨，為了想替融融留下成長的紀錄，在他洗澡時，拍了一張照片，隨口說了一句：「融融，以後不可亂來喔！現在你有把柄在阿姨手上了。」從此以後，只要較特殊的事物，融融都不敢嘗試，因為有裸照的「把柄」在阿姨手上。

每首詩，幾乎都有最關鍵的詩句，通常稱之為「詩眼」。例如本詩的「詩眼」，除了上段說的「有裸照的『把柄』在阿姨手上」外，還有哪一句是詩眼，請寫出來。其他各首詩，也一併練習找出來，因為「詩眼」是創作一首詩的關鍵所在。

可否請你面對眼前的事物，找出它的「詩眼」來後，再擴寫出一首小詩？就如同名詩人白靈說的：「靠一張鼻子找到一張臉；憑一根腳趾找到一條腿。」

弟弟的紅臉頰

林佑貞

頑皮的弟弟，
從阿里山上玩回來了。
他得意的說：
「呼！好冷呀！
冷風大哥還送了
我兩個大蘋果哩！」

導讀與教寫

寫詩時，要懂得含蓄、富象徵、有聯想，若能加上暗喻更好。詩成之後，才會使人想讀、愛讀、耐讀。這種詩，才是好詩。

據作者林佑貞同學告訴我，她寫這首〈弟弟的紅臉頰〉的動機是：前幾天，媽媽帶著弟弟到阿里山上玩，山上天氣很冷。回來的時候，瞧見了弟弟被凍裂而發紅的臉頰，像極了那紅透了的蘋果。於是，我便幫可愛的弟弟寫下了這首歌。

如果，林同學當時不肯動腦筋，只平鋪直敘地寫下：媽媽帶著弟弟／到阿里山上玩。／山上天氣很冷，／把弟弟的臉頰凍得發紅又裂開／像極了紅透的蘋果。

有眼光的讀友，請你告訴我：你想讀、愛讀的是哪一首？覺得哪首詩比較耐讀？答案，當然是林同學原來寫的那一首。

同樣的詩材，同樣的內容，只是寫法有所不同，詩的味道就截然不同了。

親愛的讀友，你能分析出兩首寫法的差別在哪兒嗎？也趁機寫一首XX的紅臉頰。

香蕉

鄭鳳珍

一道船影兒蕩在海面上
爸爸撒網的背彎彎
我哭了
香蕉的滋味再也不甜
因為它
變成那艘
爸爸的船

導讀與教寫

香蕉的外形很特別，橫看像艘船；倒過來臥看，又像條拱橋；正面豎著看，像位彬彬有禮的君子；豎著側看，像上了年紀的駝背老人；高高舉起，更像天上如鉤的月亮。

當我在講台上，一面拿著香蕉，一面如此比劃時，台下有位參與研習的老師真絕，竟然不經聯想，就把我的〈香蕉〉道白，寫成如下的詩：橫看成船／臥看是橋／正看像人／側看似背／高舉如月／香蕉是也。

基隆市中山國中的鄭鳳珍老師，看到我手上的大香蕉，又聽了我的解說之後，有感而發的寫下這首〈香蕉〉詩。詩作引導告一段落後，鄭老師拿來這首詩，請我講評。我問她為什麼寫得如此沉重？她說：「從小我幾乎每天目送爸爸出海捕魚。心兒就跟著出海，一直要等到爸爸平安回來才放心。如今爸爸老了，背也彎了，仍然還要和浪兒搏鬥，做兒女的想到這兒，便心如刀割。剛才看到老師手捧的一條彎彎大香蕉，看在眼裡，就是爸爸的船，爸爸的背，心裡哪兒有香蕉的香和甜！」這真是真情流露的好詩篇。「香蕉」除外形很能入詩外，其他如色澤、肉質、典故、名稱（相招）等方面，也可以切入寫詩。

釋迦

曾美真

極樂世界的佛陀
化身果實。
為點醒渾沌眾生——
吃得「甜」，
吐得「苦」。
了悟！了悟！

導讀與教寫

水果中最怪的要算是「釋迦」了。怎麼怪法？第一，名字和「佛陀」同名；第二，外形凹凹凸凸；第三，果肉一粒一粒，內包一粒粒的黑種子，吃起來果肉香甜，但要吐子，很麻煩。

除了上面三「怪」以外，當然還有其他的特質，留給讀者細細品味、聯想。

高雄縣彌陀國中曾美真老師的〈釋迦〉，一開始就點出是佛陀的化身。所以有責任教化眾生，要它享受「甜」頭時，同時也要吃點「苦」頭，這樣才能「了悟！了悟！」（佛家語）修成正果。全詩具有宗教性質的教化作用。

也許是職業的關係，國文老師對於寫〈釋迦〉詩，似乎情有獨鍾。再舉出二首供你欣賞：每一個／凹凹凸凸的小丘，／是起起落落的人生；／軟硬澀甜，／是成長的滋味。／青衫之內／芸芸眾生／哪個是如來？（朱淑玟）

青澀、硬朗的他，／像極了不服輸的小子。／只要你用愛心和耐心感化他，／日子久了，／他就軟了。（黃敬惠）

麥克風

謝碧燕

每個人都與我戀愛；
有男有女，
有老有少。
雖五味雜陳，
卻有口無心，
叫我怎能付託終身？

導讀與教寫

演講、唱歌、上課，必須借助「麥克風」，一手握著，嘴對嘴接觸，就像一對男女戀人談情說愛。

花蓮宜昌國中的謝碧燕老師參加研習時，看到我手拿麥克風講課，心中便有所頓悟，〈麥克風〉的詩，便從這兒開始，以第一人稱「我」，來自訴「衷情」。

「每個人都與我戀愛」——擬人法，作者把麥克風當成有血、有肉、有感情的自己。接著「有男有女，有老有少。」寫出了排比、對句、節奏、韻味，整齊有味。意味著任何人只要有需要，都可以使用它。

第四行「雖五味雜陳」，指出使用者每個人的口惠不同，說出來的情話，也就有所不同。但儘管不一樣的愛意，都是「有口無心」，只是想利用我一時，並無永遠想要我的意思。所以最後麥克風發出最沉痛的無奈和控訴：「叫我怎能付託終身？」呼籲天下男女要有情有意。

除了謝老師的寫法外，也可從麥克風的形狀、功用、特性及與人互動的關係來寫，例如「偶爾出來透透氣」、「被噴得全身濕透」、「大吼大叫」、「嗓門大，才聽懂老師的教誨」等。

外一章

談黃春明的情色小說「跟著寶貝兒走」

——並試探創作本部小說的靈感源頭

二〇〇八年十月四日中國時報大幅報導老頑童黃春明，用平版電腦寫情色小說。閱讀過後，我馬上打電話向他祝賀。接電話的是黃夫人，當我說清楚我的身份後，「我知道，你是長得高高的林瑞景。」即刻把電話遞給黃春明。「林瑞景你在哪裡？」「我在屏東啊！」「噢！屏東有你幫忙真好。」「我看到報紙了，整版都是你的吔！你穿上條紋襯衫，戴上紳士帽，真是帥透了。老帥哥，好久沒有看到你這麼帥了！」「別再虧了，老都老了，還帥得起來嗎？」「春明兄，恭禧您了！很高興您又寫小說了，而且還寫長篇情色小說，真是了不起啊！我好想拜讀，可不可以送老同學一本？」「這是黃色小說吔！你敢看嗎？」「我們都一把年紀了，有什麼不敢看的！」「好！那我就送你一本。」

黃春明今年八十五歲，相隔一、二十年終於又回到寫小說的路。這一次一出手，只花了兩個月的時間，一口氣就寫出一本六萬多字長篇小說，打破個人小說篇幅的記錄，而且也是第一本情色小說。

五年前，黃春明的身體出了狀況，生了一場大病。很慶幸的黃春明身上流滿了打橄欖球時代不服輸的血液，終於平安的走過來。這段期間我還不時的給他打氣、鼓勵：「老同學呀！您是屏師的『校寶』，更是臺灣的『國寶』，可要加油挺住，用橄欖球精神打敗病魔。我們畢業六十年同學會，您可算是台柱呀！要上台報告您在屏師的豐功偉業。」「好啦！會啦！三年後的同學會我一定會參加。」

「皇天不負苦心人」，二〇七年四月二十二日同學會那天，黃春明真的帶著夫人一起來參加同學會。母校屏大還在校慶時，頒給他傑出校友終身貢獻獎，以及名譽博士學位。

不過春明的身體狀況已大不如前，用手寫稿久了會僵硬，連他心愛的撕畫創作都有些困難，因為有些細節部份，手常不聽使喚，只好利用平板電腦，以手寫輸入法從事小說創作。

當我收到《跟著寶貝兒走》贈書，捧在手上也當成「寶貝」似的。翻開閱讀時，猶如聖經般的以朝聖心情，先看「老不修」序文。

通常八十幾歲的老人，說起話來難免碎碎唸；寫起東西也常犯喋喋不休的毛病。這篇近十頁的序文，主要想告訴讀者：他寫這本情色小說時，身體內藏有兩個世代的性格，在相互牽扯。但是他抱定一個信念：不可為色情而寫色情，多少要呈現社會的某些面向，讓讀者思考。就是因為這種理念，使黃春明在描寫男女性愛情節時，煽情性便沖淡了不少，讀者看了，心跳達不到一百，也就不感到窒息了。難怪連他的十一歲孫子榮榮，看完了這本小說後，只淡淡的說：「阿公，我看完了你的新書了。」並沒有怪他「很色」，說他「老不修」。

過去黃春明寫的小說，有很多已改寫成劇本，拍成電影或電視劇。這本情色小說，更具有戲劇性和商業性，要拍成電影是遲早的事。因此，小說一開始就安排大卡司的陸戰隊特訓場景，把四十八名陸戰隊成員，用叫做老母雞的運輸機，載到南部中央山脈高地空投跳傘，這種場面可說是相當震撼。

小說故事就從此開始，前段男主角「方易玄」安然降落地面後，就想爭取第一名回到部隊，獲得一星期的榮譽假。但是高山野外求生是很不容易的。他吃過菅蓁筍、喝過山羌血，也因山羌而得到原住民無私、不求回報的友愛協助，完成第一名回到部隊的心願。

方易玄從谷底，要攀爬碎石路到坡頂，簡直難如登天。攀登的過程中，摔跌了好幾次，每次摔痛之餘，總是藉著之前和幾位女友作愛纏綿的往事來忘卻痛楚，進而提振精神，勇往直前爭取榮譽假，屆時再重溫舊情，以展現「陸戰隊第一鵰寶貝」的魅力。

在山林穿梭求生中，易玄拾獲一隻被捕獸夾卡住的山羌，碰到出外打獵的四位原住民青年，共同分享。原住民青年為了幫助易玄儘快回到營區，放棄打獵，翻山越嶺，帶他回到阿禮魯凱族的部落過夜。第二天用摩托車載他下山，然後接駁回到營區，果然得到第一名，獲得榮譽假。

在山中過夜的那一晚，易玄巧遇一位女性原住民，她是被家人賣到桃園當妓女，現在回鄉照顧老母親。在山中獨處小屋互動下，額首嘴唇碰觸後，口水變甜，急切地渴望下，寶貝兒和她沉入做愛的忘我仙境，進入像被藝術創作所感動似的美好境界。

小說走筆至此，已佔本書篇幅三分之一。高山野外求生筆法細膩，寫實逼真，全賴作者爬過中央山脈十一天的經驗所賜。不過對沒有爬過高山的讀者，會覺得冗長乏味，好在有：

「你們盡量用狗語，用魯凱話人家方先生以為笑他罵他，用狗語。」

「對不起，我不會狗語，我會國語可以嗎？」

「你少臭屁！你的狗語和我的狗話差不多的了，不用笑。」諸如此類和原住民互動、對話、逗趣的相處很多，使沉悶變活潑；使乏味變有趣多了。

榮譽假一開始，方易玄迫不及待的搭上高鐵，想到臺北會富二代的朋友，享受藍寶堅尼超跑的極速感。在自由座車廂遇到臨座在重生基金會任職的小姐，經過一番暢談後，簽署了器官捐贈合約，這似乎暗示「寶貝兒」即將出走？這也是小說後續發展的伏筆。

那天某電視新聞同時段分別播出聳人聽聞的兩則新聞：一、是「辣妹剪香腸，霸男霸飛了！」另則是「媽寶開超跑，超跑跑了，媽寶飛了！」女主播說：「刀槍殺人不稀罕，一把裁縫剪刀剪斷男性的下體，緊接著將那半截，丟進抽水馬桶用水給沖走了！」；「擁有一部一千四百萬的藍寶堅尼超跑，才買一個禮拜就跑了……車上的兩位年輕人，跟著車毀人亡。」

場景轉換到派出所和醫院，一邊是剪刀女俠的自首；另一邊是香腸接臘腸的移植手術。這兩則新聞電視媒體炒得滾燙麻辣，網路世界也沸騰得令人眼花撩亂。

——咔嚓一聲，清脆響亮，男生！你們聽到了沒有？

——剪刀女俠！那是什麼牌的剪刀？我也想買一把。

——徵召金剪刀英雌部隊，消滅性暴力的男人。

其中生殖器的移植部分，最吸引觀眾，可惜手術現場，任何媒體都無法突破。主治醫生帶了七、八個實習醫生，一邊手術，一邊上課講解的情形，春明寫來詳盡、有趣，滿令人佩服得像專業醫生似的。

小說後半段的男主角是寶貝兒接受移植的郭長根。郭是一個妓院的保鑣兼跑腿，平日惡形惡狀，欺負妓女，白嫖惡幹，讓妓女厭惡到極點，才被剪掉了半截命根子。卻意外的接上方易玄的寶貝兒，就像香腸接臘腸，長相非常「突偉」，看上去像小孩扛木頭，簡直是奇特無比。就是因為太奇特了，所以開啟了「跟著寶貝走」的魔幻之旅。

跟著寶貝兒走的第一關，當然是妓女戶的老鴇、年過半百孤寡的阿蔘仔姨。起初半年寶貝兒整天垂頭喪氣，經醫生指點，加上吃補後，有一晚忽然硬起來，老鴇循例來關心，雙手托起結實硬挺的寶貝兒時，一時性起：「快！快！快給我抓癢，快……」這一整晚的纏鬥、叫床，春明寫來真是精彩絕倫，無人能出其右。同時也驚醒其他樓層的妓女們，還加以錄音。

阿蔘仔姨嚐過超嗨的甜頭後，到處和她的姊妹淘們「呷好逗相報」，加上錄音檔的喧染，在眾人慫恿下，郭長根於是下海當牛郎。起初是集體收費看大鵰，後來受到貴婦們高價碼的追捧，聲名因而大噪，引起各方角頭、黑社會勢力的覬覦，紛紛介入搶人。

彎曲的大鵰不是鐵打的，用久了慢慢會消風，身體也漸漸的堪受不了。為了賺更多的錢，於是一場場「性愛趴藝術活動」在全臺巡迴熱烈展開。從臺灣頭演到恒春半島，政客、警察、黑道、地方角頭等，像鯊魚般的搶食這塊性產業的大市場，相互勾結，彼此呼應，利潤均分。在黃春明彈指之間，臺灣已經變成了「性愛趴」的牛肉場。

風風光光的性愛趴，在高雄、屏東熱熱鬧鬧的演出後，來到南臺灣的恒春，準備再一次盛大的舉辦時，郭長根卻愁容滿面，意氣消沉，因為那一支再也挺不起來了，看樣子要熄火了。失去血色的大鵰，頹皺得比脫水的老薑更老。

主辦演出的那幫黑衫兄弟，被長根這麼一攪和，氣憤抓狂下，把長根綁到恒春最南端的小丘上，咬牙切齒的說：「你正面是巴士海峽，右邊是臺灣海峽，左邊是太平洋，由你選要在那一面，當水鬼、當兩棲部隊？……」

任憑怎麼糟蹋，長根始終像死人一樣，毫無反應。這下更激怒黑道下令：「剪！」咔嚓一聲，大鵰落地。長根被拖進海中時，還不停的對著大鵰卸責、指責：「是他！是他！……」的叫嚷。

啊！好熟悉的小說結尾，和「魚」文的老人誤會孫子騙他，拿著扁擔追打，阿蒼邊跑邊嘶吼：「我真的買魚回來了！」一樣。兩者所不同的，一個是在大海上空，其餘音裊擾不散；另一個是祖孫同時聽到山谷的清楚回音。

有位藝文記者問黃春明的創作靈感是怎麼來的？他說：「靈感不是像打蚊子，隨手一拍就有一隻，而是要從生活來，仔細觀察生活細節，著眼於現實經驗，腦中想像出各種不同的故事來。」像「跟著寶貝兒走」最大的亮點，就是利用現代進步的醫學微創移植手術，全書重心便是「香腸接臘腸」，而且接成彎曲有突角的大鵰。這種想法在三、四十年前，必然令人覺得荒謬，如今沒有人會懷疑這是不可能發生的事情。

黃春明就讀臺北師範前，有一段日子在台北風化地區幫人修電扇維生，常常進出妓女戶，對妓女的生態體會很深，〈看海的日子〉就是這樣寫出來的。他當過兵，對阿兵哥的生活很有經驗；他也爬過中央山脈，和原住民嚮導互動很有心得。這些經驗故事，後來都一一的寫進書裡。

關於情慾和性愛場景的描寫，對於八十多歲人生歷練豐富的黃春明來說，應該不是件難事。至於「性愛藝術趴活動」、「文化創意產業」等，都是目前臺灣社會真實的寫照，只要有心留意，便俯拾可得。

倒是有一點我必須特別提出來，那就是郭長根最終結束故事的場景，使我想起六十三年前，黃春明就讀屏師時，又因打架滋事，被叫到校長室。張效良校長苦口婆心的說道：「春明，你從北部一直留學到屏東，難道還想留下去？屏東的下面是什麼地方？」「巴士海峽！」「地理常識還不賴嘛！你可要好自為之。」從此，春明金盆洗手，力爭上游，終於闖出如今的一片天。

一〇九年春節假期完稿

文化生活叢書·藝文采風　1306026

那些年，和黃春明同在一起的日子

作　　者　林瑞景
責任編輯　曾湘綾

發 行 人　林慶彰
總 經 理　梁錦興
總 編 輯　張晏瑞
編 輯 所　萬卷樓圖書(股)公司
排　　版　游淑萍
印　　刷　百通科技股份有限公司
封面設計　林庭聿

發　　行　萬卷樓圖書(股)公司
臺北市羅斯福路二段 41 號 6 樓之 3
電話　(02)23216565
傳真　(02)23218698
電郵　SERVICE@WANJUAN.COM.TW
香港經銷
香港聯合書刊物流有限公司
電話　(852)21502100
傳真　(852)23560735

ISBN 978-986-478-336-6
2020 年 2 月初版
定價：新臺幣 400　元

如何購買本書：
1. 劃撥購書，請透過以下帳號
帳號：15624015
戶名：萬卷樓圖書股份有限公司
2. 轉帳購書，請透過以下帳戶
合作金庫銀行　古亭分行
戶名：萬卷樓圖書股份有限公司
帳號：0877717092596
3. 網路購書，請透過萬卷樓網站
網址　WWW.WANJUAN.COM.TW
大量購書，請直接聯繫，將有專人為您服務。(02)23216565　分機 10

如有缺頁、破損或裝訂錯誤，請寄回更換

國家圖書館出版品預行編目資料

那些年,和黃春明同在一起的日子 / 林瑞景作. -- 初版. -- 臺北市 : 萬卷樓, 2020.02
面；　公分. -- (文化生活叢書. 藝文采風 ; 1306026)
ISBN 978-986-478-336-6(平裝)
863.55
108022564